現代詩文庫 新刊

201 蜂飼耳詩集
202 岸田将幸詩集
203 中尾太一詩集
204 日和聡子詩集
205 田原詩集
206 三角みづ紀詩集
207 尾花仙朔詩集
208 田中佐知詩集
209 続続・高橋睦郎詩集
210 続続・新川和江詩集
211 続・岩田宏詩集
212 江代充詩集
213 貞久秀紀詩集
214 中上哲夫詩集

215 三井葉子詩集
216 平岡敏夫詩集
217 森崎和江詩集
218 境節詩集
219 田中郁子詩集
220 鈴木ユリイカ詩集
221 國峰照子詩集
222 小笠原鳥類詩集
223 水田宗子詩集
224 続・高良留美子詩集
225 有馬敲詩集
226 國井克彦詩集
227 暮尾淳詩集
228 山口眞理子詩集

JN163475

現代詩文庫 228 山口眞理子詩集

発行日 ・ 二〇一六年八月二十五日

著 者 ・ 山口眞理子

発行者 ・ 小田啓之

発行所 ・ 株式会社思潮社

〒162-0842 東京都新宿区市谷砂土原町三―十五

電話〇三（三二六七）八一五三（営業）八一四一（編集）八一四二（ＦＡＸ）

印刷所 ・ 三報社印刷株式会社

製本所 ・ 三報社印刷株式会社

用 紙 ・ 王子エフテックス株式会社

ISBN978-4-7837-1006-6 C0392

時間軸ですきなように折りたたんでみると
りぼんが風に揺れるみたいで

いつからかどこかからか吹いてくる風に
水が混じっている　水が作る

あっ　それは　水でできたりぼん

気流にうまくのればやがて着地する
どこかのそこがわたくしの雨が求められるところ
どこかのそこがわたくしを与えるところの
唯ひとつの〈場所〉

現代詩文庫 228

思潮社

山口眞理子詩集・目次

装幀・菊地信義

詩篇

詩集〈そっぽを向いて　心をこめて〉から

口無しのガラス

がらすが　口をきいている
がらすが　映っている
映った　がらすに　透明な
がらすが　移動した
のぞいて
よく　みれば
ガラスが　耳を　すましている

午前0時

くらやみで　笑っているのは唯一人
がらすを　はさんで　パントマイム
ねじれた体と　まがった足と
結んで　いるのは　がらすの骨

昇天

がらすの中の風景は
とどまることなく移動し
じきに
密度の低い　空が　あらわれた
「誰も　自分を　とがめはしない」
少年は　全身を傾けた

1965年12月

せんせいが　セーターきて
ポケットに手を入れて　たっている

だから
手を　ぶらぶらさせて
あたしも　たってる
今日は　つまんない日ね

うた

いまなんじですの
やさしいあなたは答えない
黒い　りぼんで　わたしは結び
わたしの髪を　さわってたしかめ
道行く　人にきく
いまなんじですの　と
やさしい　あなたは　こたえない

街は動いて行く

（『そっぽを向いて　心をこめて』一九六六年私家版）

詩集〈翼のない天使〉から

修飾だらけの　とある夏は
白い船の　　とある部屋
太平洋に　こぎだして
波は厚い　時の壁

黄色い夏

鳴き声が　します
いろいろな　ものの
ここでは
まったくもう
1人ぼっち　ですのよ

夏の終わり

夏の終わりは　海の中
ことばのとどかないところ
ナイフを持った女が
巻貝を鳴した

夏の終わりは　うすら覚え
夕方の空みたい
忙しがっている間に変身します

だれかさんね
明日のために
今日をとっておくことなど
しないでください

夏の終わりに　人は移った
たれか耳元で　ささやいたので
思いもしない　地下道へ

暗い泥の　その道へ
人は潜底していった

つきあたって　とまって
つぶやいてみても
―道はこれで　おしまいかしら―

夏の終わりに　人は消え
流れていく　街

おもいだせるだろうか
かわっていくのが　はじめということ

何日も
毎夕　雨が降り
空が乾き　白くなって
屋根との　境界線が失せ

夏は　とけて消えた

翼のない天使

さわってみなければ　わからないもの

9月の秋の日に
ひろーい　はらっぱの芝の上で

船にのっているように
太陽のひかりがいっぱいで

いってみなけりゃ　わからないもの

なんの　しるしももたない人

思いやりを
樹林をすべっていく　そりのように
走りぬけてしまう

がらすの目を持っている

歌いながら　猫になったりして

まわりについている衣裳を
全部　ひとりで　背負っていて
天使はない人
なーい　なーい　なーい人

木とだれかさん

木が遊んでいる

日曜日の秋の日に
あるところの木が　ながめている
ながめているのを　しらない人は
木たちが遊んでいると思う

そんな風に距離のあるところのもの
あたしとだれかさん

階段おりていくとき
おいぬかしてきた　だれかさん
あなたがあたしをながめる時
　　　遊んでいるんだな
と思う人

あたしはだれかさん
あなたが大好きよ

秋は人に季節を意識させる
日曜日だって無造作に使っちゃいけないみたい
木はいごこちのいい場所にいるのよ

いろいろなものがとってもきれいだから

あたしの

こころの中に
通りすぎてみなければ
わからないものがあります

（『翼のない天使』一九六七年私家版）

詩集〈April Love〉から

伊藤君への鎮魂歌

あたし　風邪ひいちゃってめろめろよ
あんた　どうやって暮してんの？
九度二分も熱出して　めろめろよ
お昼休み　石にこしかけて
民青か　反代々木だかの
マイクを食べちゃいそうな勢いの語りかけ聞いていたら
からっぽの皿とすぷーん一個持って　あんたやってきた
うんと昔よ　秋だったわきっと
（あんた　石のむこっかた側に坐って
カレーライス食べながら聞いてたのね）

そして聞きました
「よお　彼さん　元気なのかよお」

ちょうどその時　どうでもよかったのね
そんなことは

あたしうんとひまな時でも
ぼーりんぐしたりとらんぷやったりする人の
仲間に入りたいなんて思わない

あんた　口とんがらしていった
「よお　元気なのかよお」

よお元気なのかよお
それなのに
あんた　いなくなっちゃったのね
とっても
お行儀の悪い　同じ血の流れている人が
召されて　いっちゃうの
いたずらする人　見渡せば
ひとりはアメリカで文学士
ひとりはインドで尼さん

あとはみんな　天国よ

あたしひとりが味噌汁のんで
日本でさ
ゴードンのジンなど　ちびりちびり
ヌガーと一緒に（森永のよ　おいしんだ）
おうちでさ
今日も生きてんの　不思議ね　不思議よ

もしかしたら　十日にわたって咳出るの
鼻がつまって酸素吸えないの
罰が当ってんのよ

あ　それから　あんたに
百円あげんかった
あんた　ほんとにいい子だった
あたしたち　うんと好きな人たちと仲よく暮していかな
いの
悪いことだね

ほんとに悪いことだよ　ね
あんたのイヤなこと一緒に笑ってあげたのに
うんとやさしく
あたしたち　いけないところはストイック
こらえていない方がいいんだよ

涙してもあたし
めろめろさ　どうしようもないね
風邪ひいているせいだね
あなたも風邪ひかないようにしなさい
わたしもそうするから

あんたが「買えー」っていって
あたしが「イヤー」っていって
買わなかったサングラスも「ちょうだい」っていってくれなかった
太い万年筆も
名取先生に分んないように教えてあげたりした英語訳も
もうないね

では
いーとーくん
………

（さよならは　イヤだもん
それに信じないよ　あんたに限らず
別れは　意志的であるべきだ
勝手にガス自殺なんかしやがって

くそくらえだ
もったいないや　SAYONARA　が）

あたし
会えそうな気がするの　あんたと
和光のだんだら階段の上と下で
よお元気かよおよお元気かよお
よお元気かよお　いーとーくん
なんで　いっちゃったのさ

あんたのこと　とても好きだったんだよ
あほやわ　あんた…………

April Love ―― しあわせになりたいから　ここにいようよ
TAKO は恋を失って胃が痛み三日三晩眠ることができずにいた
三月二七日午前七時五五分電話があって
あいたいあいたいあいたいあなたにあいたい
AYAKO は彼さんと五日間連絡がとれず
朝方飛び舞うカラス達の鳴き声に不吉を視る
MARIKO は原宿にカラスの棲んでいることをこの時知った
MIDORI は北海道の字樽川村で乾いた雪の上をすべる滑べる

春がくれば
雪はおち
その水の流れは人をせせらぐ

TOMITA は京都に行ったのだそうよ
HIRO はニューヨークで暮しているでしょうか？
SAYOKO は五月にロスから戻ってくる
POKEY は就職試験まずったのかなあ
KEIKO は上智大学の連中と合宿に入っている
MIZUE は車のライセンス取れたかな
ママは取れたよ
MIZUE！　YUKIYO はどうしているって？

イヴ・シャンピが岸恵子を語った言葉
「女というものは矛盾の結晶のようなものである。その矛盾が気にさわると、どうしても相手を受けいれられないものになるか、遂に相手に愛着を感じさせるピトレスク（華美）な魅力になるかどちらかである。恵子はその意味で大変ピトレスクな女性である。」
（一九六六年十二月の「花椿」より）

エリザベス・テーラーがリチャード・バートンを語った
言葉
「……さあ知りません。ウェルズ氏とそれ程つきあった
ことがありませんし、でもたしかにリチャードもウェル
ズも自分を通じてしか女を愛せない点で共通しているで
しょう。二人とも自己の神話を女性に求めたがるタイプ
です。善とか名声とか神秘性とか。」
（一九六〇年代の「スクリーン」より）

再び春が巡ってきた
春は花　花花花花花
花は人
人は　すちゅわーと・どれいく
あんたの
あたしの
あたしたちの
人たちの
ああ　しあわせになろうよ
しあわせでいたいよ

しあわせが日常の内に
溶けて消えて
ひたすらの向上心が　跳び上り飛んで転げ回っている
あたし
しあわせになりたいからここにいよう
勉強しよう
本物が見たいよ
いっしょうけんめぃ勉強したら　のるまんでぃーへ行こ
　うよ　連れてって
春ののるまんでぃーは白いりんごの花がいっぱいで
すてきよ

あなたは
二月のみぞれの午後
ハンフリー・ボガートが着ていたような
トレンチ・コートの肩に水を滴らせて
歩いてやってきた
和光へ

あなたはみぞれを
横切って　やってきた
立川で借りたという
毒きのこみたいな赤い傘の後姿は

わたしの
こころにつかのまの映像
寒かったんだよ　その日

男の子の声がする
「よせよ　おーれ　好きじゃないよ」
わたしパールピンクのマニキュアつけて
お手々　ひらひら
「あ　そう　好きじゃないのね」
わたし
やり直して
クラシックローズのマニキュア
お手々　見せる
「まぁ　どっちでもいいや」

「そうだね　どっちでもいいね」

遠くで鳴き声がする
陽なたぼっこの子猫が二匹
遊んでいる子たち

あたしは何も考えない　知ってる？

やがて時間が翳を作り
疲れた子供らが
眠る時
食べていかなくちゃならぬ時
いろんな時
やっぱり
おふざけで
困るだろうな
困ってもいいか？

いいのなら

元気だして　だーれもいない真夜中に
眠って　あなたも聞かない
ドビッシィを
朝まで　ぴあので　弾き続けましょう

日本の
桜の
風に散る
寂しい
だから
あたしたち
そばにあるもの
うんといとおしんで　大切に
していかなくちゃいけない
花びらがまた一枚風に流れて
LOVEがいっちゃっても

あたしたち映像し
巡りくるたびの春に　あなたは殖え

これ　LIFE　だよ
あなたはLOVEのいっぱいつまった
LIFEを持っている

貴子　絢子　真理子　みどり　久子　尋　早代子　元子
　啓子　みづ枝　幸代　友恵
それにあたし
女の子　ひとひとひと
花花花花花
春

春は愛
流れていくものに
懸命に
話しかけている

Autumn Love——秋のシルバーウィーク

雨降りの日　夕方　ふじむらさき
境界線がなくなって
動物たちの雨宿り
うなったり　泣いたり　こわしたりして

それから元気になるの

お天気の日　おなかがいっぱい
人の話しなんか聞きたくない
船にのっているように　太陽のひかりがいっぱいで

ひろーい　はらっぱが地平線の彼方から　出現する

お日さま　たまる

草たちがそろって揺れる

なわとびをくぐりぬけて
でかけましょうか

いろんなものたちの鳴き声がする
リボンのついた古い麦わら帽子もあって

人間はネックレス
連らなって動いて行きますね
秋の日に
木たちは　ながめている

それから
思いきって旅に身をのりかえて——

流れていく街
ハバナ諸島あたりで
ナイフを持ったビキニ姿の女が巻貝を鳴らして唄う歌
汗をかいている馬
ちょっとおさぼりしてしまった学校帰りの少女

ミロのヴィーナスの横顔
アフリカの草原

地球儀をくるっと回せば――

愛する日本　地球にいろんな衣裳を
着せてみせるのが好き
そんな風にする人が好き　仕掛人が好き

キャプテン・クックをむこうにまわして
七つの海をまたにかけ　おいら海賊の子孫だ！
羅針盤と剣があれば　準備は万端　O・Kさ

老いぼれなんかにならないぞ　年齢なんか忘れたわ

日本列島　見渡せば　Tokyoに海がある

Tokyoでアドリヴできるか？　それが問題

海がある　花のような想い出がある

南アフリカ回りでもどってきたムッシュ・ナリキヨは
　いう
鎌倉はいいですねえ　陽のひかりがやわらかだもの
パリから帰ってきたムツオはいう
こらえてくれい　わしゃ日本男子よお
どこへも出かけなかったヨウイチもいう
夏場所にはビールとそら豆が　一番

とぎすまされた人たちの感性は闇夜の星
星が読めれば迷子にならない

「眠りたくもないし
死にたくもない
ただ　旅して行きたいだけ
空の牧場を通って」
（トルーマン・カポーティ「ティファニーで朝食を」より）

空の牧場
海の牧場
二百十日の台風が　ジャズで通過する

この際　鼻唄まじりの二百十日
今が盛りの花の濃い道
　素手で咲かせてみやしゃんせ
なんて　ほんの三軒先の横丁の路地

テムジンの高笑いが響きわたる
あれは飯島洋一と二重唱かな
映画という怪物を前になけなしの貯金をつぎこんで
ファイトしている
テムジンは高笑い
綾部俊久の情熱がひかる
和光のアメリカンフットボールはリーグ戦優勝できたか
　しらん？
岡裕美のグラスはすぐからになる
巨大な消費機構でのむ酒はすぐ干される　よな

よい肉体に続くよい仕事や
よい仕事に続くよい人生

羅針盤と剣　また素手でも

木たちは遊んでいる
ながめている
知らない人たちは本当に遊んでいるんだなと思う

注意深くしていないと
海とか空とかみたいに
逃げていってしまいますよ

秋の日の休日のように　日曜日のように
木は　逃げていってしまいます

（『April Love』一九七九年百鬼界刊）

詩集〈水の上 動物物語〉から

風のシンフォニー

木がゆれる
木がゆれる
心がゆれる
木が風にゆれる
心が風にゆれる

わたしがゆれる
ゆれるままに
ゆれるままに
わたしがゆれる

風のままに
わたしはゆれる
ゆれる　ゆれるままに

わたしがゆれている

今　風にふかれて
わたしの心がゆれている
頬に風
そそのかしの風
唇に風　触れる風

うけとめたいばかりに
風の真中
ゆれるがままにゆれている

あの風は　いったいどこからふいてくるのでしょう

わたしのうちに在る
一本の樹が
緑色のイルミネーションを　エメラルドカットにして
すくいあげて　見せてくれる
その繁る大きな樹が　風にそよぐ時

わたしの　からだは　水の中
緑色の水の中を　あてどもなく
ゆらゆら　ゆれている
とめどもなく
ゆらゆら

木がゆれる
木がゆれる
わたしがゆれる
心がゆれる
からだがゆれる
風にゆれる

あの風は　いったいどこからふいてくるのでしょう

あてもない　名もない　あの風は

心の深さのままに
からだを

わたしを　誘い出して
酔わせてみせる

酔うままに
ゆれて　ゆれて酔う

木がゆれる
木がゆれる
からだがゆれる
木が風にゆれる
からだが風にゆれる

緑色のいく枚の葉が開くたびに
めくるめくような
ここかしこ
木が飛び舞う
そして　風が……

ゆれてゆれて

ゆれるままに　ぬれて
ぬれた頬をぬぐうのを忘れてしまう

泣かないで

風の中
木
わたし

ひとつ伝説

〈ひとつ〉の闇から　〈ひとつ〉の闇へ
〈ひとつ〉の物語から　〈ひとつ〉の過去へ
サーカスの主人公たちのように
綱渡り　のブランコをする
のびあがっていく　するする
女を紡ぎだす　〈ひとつ〉の季節の物語

〈ひとつ〉の愛から〈ひとつ〉の夢
わたしがする
するする　と　する
すりおろし　する
愛　が　する　今
してしまった　する　が
する　のは　だめ
と　いやいや　する
けれど　する　が　るす　になると
空白の〈しろ〉が
する　のは　いやという
〈ひとつ〉のする　から
〈ひとつ〉のする　へ

危い危い　するする　が
〈わたしはなぞ〉っているわ
と　ささやいている
する　が　しない　しろ　へ

する　べきだね　などと
恐い恐い　先手必勝の　する　が
受身に負ける　わざは
す　と　決まって　しまう　のだ

風が運ぶ風の匂い
〈ひとつ〉は一緒に暮せない

土がむくむくと頭をもたげ
爛漫と　そのみにくさを美しさへ
品替えする春は　ひとにぎりの土が
しだしだ　と　からだをくねらせ
花びら花びら
根幹は　人と人が　はっとする
しじゅうはって
〈しだしだ〉はひとつを一緒に暮すことをさせない

〈傲慢〉のたきぎが

かの暖炉で　赤々炎をゆらし
ピューマのぬけがらで　魂　をこすりあわせる

腹と腹　をこすりあわせる
酒肴の塩

提灯をともし　雛型を流し
化身する
愛　のシャドウボクシング
ちろちろ　ちろちろ　と水音

過去から未来の高速道路
ふくれあがってでてこい
せつない　溜息の十字路

女を処女のまま母にさせる伝説
少女のまま女にさせる眼力

うまない女と伝説の母が

オセロゲームを演じる
白　と　黒
空白の白と闇夜の黒の一騎打ち
千の眼を持つ一騎打ち

白は黒にはさみうち
はさみうたれて　闇夜にまぎれる
黒は白光の輝きのなかでは　見えなくなる

わたしのオセロゲームは
白になったり　黒になったり
現役の女と　母を
みえない色　さわれない匂いへ
染めあげる

うす紅色した
運んで下さい　風の匂いで
運んで下さい　街へ
〈国家〉を形づくる

聖女のほほえみ　で出現する　ところへ

そこで　わたしは眠ります
千年の眠り万年の眠り
オセロゲームがさしあい　します
わたしはいつも眠ります

わたしの眠りは　街の眠り　土の眠り　血の眠り
刻が裏切る　さざめきの眠り
眠りから　さめては　男になり　男をうむ
〈ひとつ〉にむかって
かいこがまゆをつむぐ　業の作業

〈ひとつ〉は一緒に暮せない
母なる海　父なる土　が交合する闇夜の伝説

半身を探す物語は幻想の万華鏡
〈制度〉の万華鏡の誘惑
とぎれては　せっついて

腹を喰い　ちぎり
ひい　ふう　みい　よっつ
半身の自分を食べながら肥えてゆくという　幻惑
転生する　輪廻する　倒錯する
愛する分身
女の後ろにまた女　その後ろにまた女
万華鏡を開くとオセロゲームの女女また女
閉じると　男
男は〈ひとつ〉へ入ってゆく
集束され　分光され　やきつく　ところ
入る時は　女　出る時は　男
さす　と　さされる　の　さしちがい物語

さわらないで
〈ひとつ〉にたどりつく　ところ　を
肉声が肉体を駆けめぐる
品性がうぶな衣裳を着て
たちどまる　根のところ
美が残酷にも　情事をささやく

流れるばかりの　水量の源

ああ　わたしは男
男のなかの男
入る時は　男　流れるあいだは女
両性具有の掟の拒絶が　ひとつにさせない

春は
満開の桜の樹の下へ
土の根　しだしだ　物語る
しだしだ　しだしだ
あふれこぼれる

風から風の闇の旅
〈ひとつ〉から〈ひとつ〉の
ひとつだけの　物語

水の上 動物物語

ピンク色のチュールをすかして見れば
みの虫がくる　鰐がくる　こうもりがくる
傘が　くるくる
雨がくる
たくさんの人が　仮面をつけて　おしよせてくる
動物仮装パーティ
正体を知りながら
ようこそごきげんよう
知らんふりするパーティ
ミラーボールがくるくる回り
ミラーボールがきらきら輝き
シャンペングラスに　官能の一満
腰をふりふり注がれる
官能の黄金色の一滴一滴毒また毒
いちど飲んだら止められない魔法の毒また毒
オーストリッチの羽がひらひらゆれる
兎の少女　兎の少年

おびただしくオスがメスに孵化し
メスはオスに両性していく
これが少女の毎日の暮し
くる　日も　くる　日も　娼婦になって
時代と添寝する　毎日の暮し
逃げだそうと思ったら　いつだって逃げだせたのに
〈今〉が欲情をぎらぎらさせて　過剰な愛
のセカンドギア
しっぺがえしの幻想の物語　お涙ちょうだい
これでもかこれでもか　とくりかえす　ので
犬たちを道連れにして　恋のゲームのように
人間殺しを　やるのだわ
死刑　死ね！　死ね！
近親相姦の犬の兄たちは
色情狂の猫を犯し
真夜中十二時には　ガラスの靴を放りなげる
見えない　見えない
少女には〈約束〉も　ガラスの靴も見えない

その街は水の上の城館　男を迎えるための城館
少女や少年たちは孵化する
選ばれた者たちだけが　この街へ送られる
街は街中　蜜の味のする水でできている
からだ中の水　唇の入口から入る
なめてもなめても　とだえることなく蜜また蜜
あらゆる泉へ　男たちは〈欠如〉したところの〈物語〉
ガラスの靴をさわりに海からあがってくる
塩辛い　からだをひきさげて
水の上の街には女しかいない
官能の媚薬とロマン
ピンク色のチュールを身にまとった女たちは
時々自分が少年だったころ　少女だったころを想い出そ
　うと　あくびをくり返す
シャンパンに酔ったからだは　水のなかで
ゆらゆらゆれて　ゆらゆらゆれるだけ

　まりこ　あんた　まりこだろ　先祖返りの　まりこ
だろ　えっ　わたし？　わたしはだれ？　わたし十
二時までのシンデレラ姫よ　あんたはまりこだ　ほ
　ら一緒におにごっこしたじゃないか　あんたはいつ
　も　おに　だ

水の上の城館で暮す女たちは
大脳の表層を埋めた〈過剰〉な映像を
必要なだけ〈文字〉に換言する訓練を
海からあがってきたさまざまなタイプの男
さまざまな動物たちの　第三の手によって
ほどこされる
これらは機能からいえば
単にシステマチックなことなのであるが
水の上の街の構造が
ピンク色のチュールにまとわれた蜜の部屋のため
〈気がつかないうちに〉
ふるえるような甘美な闇が　からだじゅうに
刻印される

いつものことながら

海からあがってきた　ひとりの男が
海へ還る時は　ひとりということはない
道連れがいる
ふたりだったり　もうひとりだったり
それはついさっきまで水の上の城館で暮していた女たち
女は海へすすむ　亀のように
女も海へ海へと　旅立ってゆく
海へすすむ　時　女はもう女でない
男になって　旅立つのだ

海には　だから男しかいない
男のかたちをした男と　女のかたちをした男しかいない
あぶりだしのように浮きだしてくる　秘文字
海のなかでのこと
水の街のこと
性を持たない舞踊会の想い出
人は決して物語ろうとしない
事物が周囲をイザリ貝のようにとりかこんでしまうと
人はしゃべらなくなる

しかし〈語る〉という欲求にとらわれた
ひとにぎりの男たちが〈女にばけて〉
鮭が河をあがっていくさまのように語りはじめる
化粧する　呪文する
〈欲求〉することは女性名詞なのだ
いつも〈過剰〉すぎる　なにかからはじまる
女にばけそこなった男は
子作りするように　語るのだ

この水の街は　四丁目から八丁目まで
けばけばしいネオンが　闇夜をぼおっと
薄暗くする　黄昏色の銀座
真夜中までの城館がそうなのである

（『水の上　動物物語』一九八一年百鬼界刊）

詩集〈雨に 唄えば〉から

八月

いちぢくの葉っぱの蔭で安眠していた蛇
夜光塗料で濡した　黒い身を
ゆねゆね　ゆらし
大地を　なめはじめる
かの地も横断を想うには　余りに広いが
ここを住家　と決めれば
そこの女の森
少女の樹
たどりつく　湿った沼も
いっぺんからいっぺんに身を置いて
さて夢を喰う獏に変身してみせたり
悪夢　角をまがればつきあたり
上へなぞれば　はちあわせ
まるい家があるわけもなく

あちらの木　こちらの気　身が引っかかる
満腹を知らない蛇が行く
うねりぬめり　動く
生命の水量を血より濃く
じわっと毒がしみ出てくる
てらてら光る黒い身体から
あひるに触わると火傷するから蛇はあひるに
近づかないと　南の国の百姓はいうが
黒い毒を吸いとって
骨に伝え　皮膚になすりつけ
美味しくなる
甘い甘い腐るほど甘い成熟の女の動物を
この手足のない生き物は喰べる
まるごと飲み込む
はじめ　を食べて終わりを生きる
仮死にみえる　うたた寝　その毒で死ね！
自分の毒で　いちどは死ね！
満腹するまで　むさぼって

八月
この実りの予感の季節が
たくさんの死人を欲しがるのは
木の食卓が　根で肥料を求め
おなかがすいた！　のどが渇いた！
と魂の太鼓を　うち鳴らすからだ

いちぢくの葉っぱの蔭で一匹の大蛇
辛口の酒精と宴を張っている
出ておいで！
こっち　おんな　わたしの方へ

〈赤〉の時代

〈血を吸って　血を吸ってほしいの
ほら　もっともっと　たくさん
あげるから　ああ　あなた〉
うめき声が聞こえたかと思ったが

肝心なことは　まなざしの深さが語っていた

毎夜毎晩　どの女も処女だ
一夜が過ぎると　どの女もいう
とっておきの　たった一人の男へ
〈今晩も　あなたがはじめての殿方〉

月夜の晩　闇夜の晩
満天の雲が　狼男を隠し
樹はざわめきのおしゃべり
鏡に決して写らない
あの風のマントをたなびかせた男
人がいう吸血鬼（人がいう詩人！）
いとおしい伝説の男が　唇をノックする
〈お嬢さん　遊びませんか？〉
値踏みをする一瞥の視線が首筋をはって
おいしそうかどうか？

男の心臓は規則正しく波打って　血は真赤

いったい何人の女の血で
生き続けているのだろう
恋もあった　官能もあった
〈子供がほしいの　あなたの子よ〉
なにを間違えたのか　きわまりのさなか
ささやき続ける女もいた
〈まさか　このわたしの子を！〉
男子であれば　やはり宿命の不死の道を
生き続けねばならない
優性遺伝が必ず血に流れると誰がいえる
女子であれば　不具者と一目瞭然

血が血を呼ぶ（詩が詩を呼ぶ）
もっともっとおいしそうな女
もっとも濃い血　純粋な血　不逞な血　相性のいい血
倫理も時代も　ぜいたくな身についた暮し
お腹ペコペコ貧乏　髪の色　瞳の色　皮膚の色　戦争も
いっさいが　その赤に染って　垢まみれになって
何千年　生き続けるほかない血

〈血を吸って　あなた　はやくきてほしいの
　ほら　もっともっと　たくさん
　あげるから　わたしの血　吸って〉
いつも女は知っている
どの女も男のことを知っている
伝説は　隠された欲求の語り続けだ
秘かに　会えない　ひとりの男を求めて
女は
月夜の晩はことさらうっとり夜空を見上げる
待ちに待った　月一度のその日

冬にむかう十月の夕焼けは
半分が真赤
火事だ！　火事だ！　空に火がついて
通過が急ぐ
〈もえつきてしまいたい　たった一人の男の
　手で　わたし　殺して！　殺して！〉

女には甘味な死がある
〈恐くないわ　あなたとなら〉
今　女を抱き支える両の腕を流れる血は
どの女の栄養であったことか
どの女も　どの女といえない
女であればいいのだ　女であることが……

人がいう吸血鬼と
女の支え　さらされて　自我　膨張
そそりたつ　そそりたつ……　古城
生き続けるほか　生きる方法がない男
〈遊びませんか　マダム?
ワインがこくのある匂いを放っている
無論　赤ですが　遊びませんか?〉
〈遊びませんか〉

踊り子

わたし　踊り子
「一曲踊っておくれ　銭をあげるんだよ」
踊らないわたしは　籠に閉じこめられた
あのコブラ
わが身の毒で　人を咬む
あの東洋の産の蛇
野性を飼い慣らす
蛇使いの男たちの　囲い者
言葉のささやきにのけぞる
音楽が身体中の運動神経に媚薬をそそぐ
その秘薬は
蛇使いたちの先祖代々の語り　そして誇り
この国では
村中　全部の男たちが蛇使い
若者たちは　まずコブラ狩りの訓練から
仕事を始める　決り事
コブラの首の膨らみ

その毒を　わが血肉として生きる
贅肉も贅沢も許されない　しきたり事
手造りの笛は
腰に巻かれた布の秘事のひとつ　ふたつ
「一曲踊るんだよ　仕事のはじまりだよ」
わたし　踊り子
もう　ここでしか　生命の燃えなくなった
もう　それでしか　自分でいられない
あの笛が　いつもの音楽
聞き飽きたほどの旋律をかなでる
ぼつぼつと人たちが集まり
蛇使いが熱中するほどに
その技術に狂っていくわたしは
狂っていくわたしに　さらに熱中する男は
村中　全員がこれを生業とする者のひとり
人たちの喝采は　わたしの踊りに与えられる
踊っている間中
蛇使いは　たったひとりの楽師で黒子
その笛の音が　響きわたらなくなると

わたしは死ぬ
笛吹きなしに踊り子は踊れない
わたしたちは
言葉の神道を共に生き一緒に死ぬ
囲われ者の　野獣たち

あいず

〈僕もごきげん
彼女もごきげん
ジョーダンさんもごきげんだった
ただ　おふくろだけがちがった〉
フランク・シナトラ主演「影の強迫者」より

こだわるの　わたし
朝は　はじめて口にするハミガキ粉の種類
ハブラシのメーカー（ノルウェー製のJardan）
渋茶に梅干
煎茶は三田でお買いなさい

梅干は母の手作りじゃなきゃ　イヤ
いちいち
気難し屋の船長のさしでがましい
がみがみ　ね
いちいち　こだわるの
生活の〈表層〉に浮き沈みする　モノモノたち
モノモノたちの　しまい場所
ていねいにしまって　さりげなく使う
モノモノたちへの執着か
年をとるにつれて　しつこくなっていきそうな
予感が　身振りになって　沈着していく
このからだへ
でも見えてくるでしょう
そりゃ見えてくる
見えるために　身振りは　かさね着していくのよね
〈選択〉した　わたしのたったひとつのモノモノたちの
かなたへ
〈排除〉した　わたしのたくさんのモノモノたちの
犬みたいな悲しそうな眼

街中にちらばる　たくさんのモノモノたちの
ネオンサイン

ここですよここですよ　わたしはここにいますよ
モノモノたちが　合図をしてよこすの
洋服ダンスを開ければ　服が布地をくねらせて　ボタン
はウインクする
ああまとってほしいの　あなたに今日着ていただきたい
ふふーん　わたしは今日どこにもでかけないから
裸でいるのよ
服はいらないよ
冷蔵庫を開ければ　レタスにきゅうり　玉ネギ　わけぎ
野菜が食べてほしいと身をよじらせる
こだわるの
アリババと二十人の盗賊　オープン・ザ・ドアー
いちいち　いちからじゅうまで
ふふーん　ふん！
モノモノたちよ　いちいち
あなたに〈思想〉を求めはしないのだ

ただ　あるべき場所に
きちんといて　上手に使われてほしい
おいしそうだって
フルコースのごあいさつを
せめて　じょうずに
演じてみせてはくれないだろうか！
〈すべての道はローマに通じる〉
〈ローマは一日にしてならず〉
水道局の職員さんはじょうずに水を止める
ひとひねり
触わって確かめることにかけては天下一品　スパナ一本
技術屋と呼ばれたいわたしは
それに人生を賭ける　灘の生一本
服よ
テーブルよ
すべてのネオンサインよ
あんたがたと　とりあえず
ごきげんにやってみようじゃないか
ふふーん　ふん！

さらば愛しき女よ

「心の世界では　あなたが泥棒でわたしが探偵でした」
「黒とかげ」三島由紀夫脚本より

1　ベイ・シティ・ブルース

メイクアップ・ラブ
季節は五月
私立探偵の活躍するときだ
事件はいらんかねぇ　事件はいらんかねぇ
豆腐売りまで　ハードボイルドだ
しかしまて！　スパイかもしれない
わたしの〈心の電話〉は盗聴されやすい
真赤　真赤な嘘
心からのサーヴィスを　お約束する
ダイレクト・メール

〈心の電話〉が壁にへばりついて
聞き耳をたてる
ふふーん

カーテンが風にゆれる
白い風（まるでジンメルの小説だね）
しのびこまれた　風に！
テーブルの上のレター・ペーパー
吹きとばされて　めちゃめちゃ！

（手紙を書くように
　書くことがわたしの仕事なのだ）
ちょうど　シャワーの後
裸にバスタオルを巻いて
レモンスライスをしゃぶっていた
月曜日の午後
いつもこうして　わたしは
事件に巻きこまれるのだ
行かなくてはならない

ヘアーピンを一本　髪に隠す
あかない扉を開けるため
〈心のドア〉をノックして
「マーロウ　俺だよ　白雪姫だよ」
刑事さん　あんたはいつも〈事件の現場〉に遅れる

メイクラブのときはメイクアップを　いったい誰が女たちの〈化粧箱〉を盗んでいったのでしょう　あれがないと女たちは舞台に立てない　別に主演女優ばかりをえこひいきにするわけじゃない　蘭の花束を届けた　あの娘だって　いつも主演を演じるわけじゃない

季節は五月
街中　恋の盗っ人ばかりのとき
目立つことが　いちばん目立たない
ストッキングにナイフをつっこむ
唯一の武器
センチメンタルになってはいけない

ロバート・ミッチャムのフィリップ・マーロウだって
映画の台詞でいっていた
「俺が持っているのは帽子とガンと服だけだよ」
おでかけおでかけ
ハイヒールの靴音も高く
地下鉄の駅員さんにガンをとばす
地下にもぐるリスクの高さをヤツに示してやらないと
忘れっぽい男ばかりのこの世では忘れてはならない
こともあるのだ
女探偵に必要なもの
ペーパーバックのハードボイルド小説
男を演じる心意気

わたしの時計を三分進めて
世の中より　三歩先を歩く
新橋の階段を　数の分だけ　くぐりぬけ
ショッキングピンクと白の　縞しま
アマンドの陽よけ
尾行者をまくのはこのあたり

ジャケットのえりを立て
ふりむくな!
ふりむけば　傷口に塩をなすりこまれる
角に立つ人の影が長い
あれは女のかっこうをした男のスパイか?
新橋から銀座へ
街中のポストに〈手紙〉を入れて歩く
ひとつ　依頼主の女たちへ
ひとつ　わたし自身へ
返事はもらえない

バーボンは嫌いだから
トマトジュースをひっかける
すっかり酔ってしまうまでには
今すこし時間がある
しらふでは生きていけない
この街には0がいっこ多すぎる
見慣れた酒場の四階の扉はオーク材
扉というにふさわしいが　節操もなく開きっぱなし

おむかえします　おむかえします
どうぞいらっしゃいませ
といいつつ拒絶する

街中　ショーと酒場の映画祭
酒で殺して！　とどめの一発

いつもの手口だ
よく覚えておこう
差別も区別も　この扉からはじまる

2　長いお別れ

肩がむきだし
アイラインを引きながら女優の唇が
セクシイに唄う

わたしの好きな
その巨漢の人は　すきまだらけ

お酒が　からだ中を走りはじめると！　ね
煙草を指から　ぽろりと落し　あちちち　なんて
ボイラーになって火を吹く
なんて官能的なの
火が廻り　焼きつくしてしまう夜
朝は　思考の河から　氷壁になる人
日本列島の谷底から　連山を
右から左へ
手が言葉を結晶する人
水が時々
涙の味がするのを知っている人
そんなにいっぱい
正しい橋をかけると　後の人が渡りやすいわ

じれて女優はハイヒールをけとばす
へたくそね　あんた　それでも探偵！
わたしの〈探し物〉がみつけられないなんて
口紅がいるわ　辞書がいるわ

香水にハンケチ　涙がふけないわ

それで
それで〈化粧箱〉はなんだったんですか

知らないわ　知っているわけないでしょ
それよりそこのティシュペーパーとって　うんざりねぇ
どいてちょうだい
どうして今日に限って衣裳がないの　台本が届かないの
じきに出演時間なのよ
唄だけが　わたしの暮し
料理だけが　わたしの楽しみ
糖分過剰は　三半規管を狂わせる
恋はしても　恋人はいらないの
自分に裏切られるなんて　手ひどい傷よ
ラストソングから生活のはじまり
シャンペンをあけておいてね（ドン・ペルニオン！）
隣りの座席は　今晩わたしのために
あけておいてね　坐る人がなくてもよ

今晩だけは一緒にいてほしいのよ
生きていけないの

しあわせとふしあわせは半分半分
あこがれと夢のカクテルは
毒のようなもの　いちど飲んだら　やめられない
ああ　わたしのベッドは
今夜ひとりでは　大きすぎる

3　かわいい女

さらば愛しき女よ
はじまらないと終らない
裏切ることでしか終らない
熱中すれば　すぐ終らない
執着すれば　まったく終らない
できることは　やってみせるが
できないことは　できない
助けてあげられない（助けてもらえない）

職業的宿命!
こんなときは脇役でいいんだ
〈葬式〉のときは　探偵も主役
たとえ犬死しても
五月の風が甘く吹く夜は
ついつい酔わせてしまう
女に　酒に（飲んだふりして　いまいましい!）

ふだんはケチな人生が
こんな夜に限って　気前のいいふりをする
主役になるなんて　ガラじゃない
観客ばかり演じる探偵なんぞ　二束三文だ!
パチンと指を鳴らして
トレンチコートをひるがえす
誰かにみられたんじゃないだろうか
空っぽのさいふと
ストッキングの伝線
私立探偵に人生の終りは
呼んでも　なかなか　やってこない

けれど　急げば　その気になって
物語の終りは　すぐ　やってくる
〈請求書と一緒にエンドマークだ
三面記事はなんにも伝えてくれはしない〉

4　大いなる眠り

本番まで何回練習させたら気がすむというの
よくまあ　飽きもせず
にたような　おはなしばかりねぇ
これがキャリアというものなら
わたしの〈化粧箱〉なんか　金輪際
みつかりっこないわ
買った方が早いわよ
（人生を賭けた買い物よ　ふん!）
今日はこれで　うちどめにしてね
「シーン8スタートします　まりこさーん　出番です
お願いしまーす」
——スタート——（カチンコ鳴る）

幻の女　夢の女
わたしをそう呼ぶ　あなたは
過去の男　つまらない観客
神さまにかなえてほしい願いは
たったひとつ　生きる願い

うねりうねりやってくる
空腹の　欲望の　道を
紅茶にニッキ棒を浸して
ごまかし　なだめるすべぐらい
知っているわ　人の手は借りたくないの
電話でいったでしょう
人のいいふりして　やさしくする男は
下品で嫌いだって
（ここでハンケチをふる）
触って火傷するなら　それでいいの
ご飯食べる火傷なら　傷が勲章
わたしの人生よ
よくも台所で悪戦苦闘の猫に

料理できるほどたくさんの形容詞を
くれてやったもんねぇ　ただで！
言葉の料理は自分でくれてやるもんよ
人から　もらうもんじゃないわ

スキャンダルとゴシップと
ちろちろ本音のみえる
紙ふぶきの街を　足をぬらして歩くとしても
わたしは知っているの
いつも　わたしの本当とあなたの嘘は
わたしの嘘とあなたの本当ぐらい
そっくりだから
わたしの犯す罪は　あなたの犯さない罪の数ほど
いっぱいあって
胸が痛むわけは　そうなのよねぇ

ああ　連れていって
陽のあたる場所へ
飼い殺しにされても

わたしを裏切るくらいなら
男になって
幻の女　夢の女に　裏切られた　想い出を
枕に生きる方がいいの

せめてもと
無垢なからだのすべてに羅針の帆をあげても
背中に夢みる五月の風が追い
心臓に　一撃のナイフがくいこむ

殺され方は同じなのに
殺し方がちがう　わ
――カット――

5　プレイバック

女が私立探偵を開業すると
おおむね二十年もたない
飛行機事故にあうのがせいぜいだ

（ああいとしの女探偵！　向田邦子さん）
独身でないと　やれない
依頼主の〈探し物〉が人生に深入りする
懸命になれば　なるほど
自分の探し物になってしまう

くちゃくちゃに痛んだ内臓が
コールサインを送ってくる
また　ひとり　今日　やられた
誰かが殺される

誰かが
わたしでないと　誰がいえよう
どのみち　やられるのだ
カチカチ山の　たぬきだ
まっとうすれば　やられる

わたしがわたしを殺したように
見も知らずの　人の手で
わたしは殺されるに決まっている

切ない夕方のカクテルの一杯だ
わが〈内なる〉愛しき女よ
過激に　過激に
メイクアップラブだ
メイクラブだ！

（『雨に唄えば』一九八四年れんが書房新社刊）

詩集〈気分をだしてもう一度〉から

サントロペの殺人料理

サントロペで　わたしは愛しい人を殺しました
というシャンソンがある　（想い出のサントロペ）
この街で　引退したＢ・Ｂは
悠々自適　恋して遊んで
市長からウェイトレスにまで大事にされ好かれ
動物愛護運動にたずさわっているから
皆さん！　（日本人の）
ミンクのコートを着ますと
注射器に入れた赤インキをぶっかけられます
「仔豚の丸焼き狩場風」も
身の切身が皿にのる場合はいいけど　目玉のついた
頭部の丸焼き（狩場風だもの）がまわってきたら
お腹に入れるの苦心です
ナイフとフォークが邪魔だしね

サントロペでは　タキシードに蝶ネクタイの
赤ずきんちゃんの狼がウヨウヨしていて
メスのヒトの処女を好んで狙いますが
鼻唄まじりのB・B　ジプシー風巻スカートで
おいしくないもの　食べちゃいけない
かわいくない人　恋しちゃダメ　と散歩ブラブラ
死にそうな恐いはなしも　サントロペ風パスタ
ピンクシャンペンつき前菜　小咄にアレンジ
食卓に出してしまうものだから
犯人のいない探偵ごっこの流行ばかり
粋でない人　生きていけない

レースのカーテンが風にゆれる二階の窓から
きゃあー人殺し　助けて　と叫ぶ女がいても
そりゃアンタ　ベッドがうまく活用されてオランから
と　市長さんもおまわりさんも
食事に忙しくて　とりあわないそう！

＊B・Bとはフランスの女優ブリジット・バルドーのこと。

蟹

月夜の晩に浮れてでてくる蟹！
と　しゃぶりついたら
「喰べるところなんぞ　こいつ　ありゃしないんですよ
　それに月夜の晩に出てこない」
と新川のおじちゃんは説をなす
渡り蟹とくれば
お次は　老酒にひったりつけた
上海蟹です

それにしても蟹を喰べる
わたしの隣りの男はいたって無口で
それというのも
ベッドの上でも無口で
ちょうど今みたいな顔

半分閉じたシャッターの半開きの眼で
考え事があるでもなしないでもなし
感慨しいてあるでもなしないでもなし
うつらうつら
そして一足飛びで猫科の動物に豹変する
そうか！　蟹が変じて豹となる

カリブ海沖のストーンクラブの店が
永田町にできたのだが〈トーキョージョーズ〉
どうした訳か石蟹は爪の方をよく喰べる
カリブ海のあちこちに　足のない石蟹が泳いでいるのだ
カリブ海のイルカたちは　足のない石蟹を
遊びましょ　とからかうものだから
あの辺の海は　月夜の晩は　いたって騒騒しい
そのせいかどうか　毛蟹は
北の海へ　避難していった
人魚がいなくなったのは　その頃である

向田邦子さんちの卵

不慮の事故で逝ってしまった
大好きな向田邦子さんは書きます
台所でおなべから立ち喰いをしてしまったと

一人暮しで忙しい忙しいと
もちろん税金の申告もお風呂洗うのも
クリーニング屋の支払いもお夜食作るのも
自分でひとり
ああ！　僕だってカミさんが欲しいのだ
よく食べてよく眠る　おしゃべりな
血統書なんかいらないよ　隣りのミケだよ
あの猫の姿態を持った　働き者のよく料理をこなす
年をとってくると　同じ道を生きる
つれあいが欲しくなるものです
十個入りのパックの玉子を八個
おなべに水を張って　火にかける
二個は台所で立ち喰い！

玉子ご飯はオカカを入れて　大急ぎ
ハンプティ・ダンプティの卵は
おちたら割れてしまう
人生はおちたら割れる卵じゃないけれど
あっという間に　向田さんをのせた飛行機はおっこちて

あの人に　スフレを作ってあげましょう
それから　じゃがいもと挽肉のいっぱい
入ったオムレツもよね
そうだ！　秋の誕生日には
錦糸玉子のふんわりかかったちらし寿司を
さし入れましょう
初夏の或る日　窓から　とびおりちゃった
今は亡き　母のことを考える
酒を飲んだら陽気にやれるぜ！
とワインを教えたのはこの僕だが
私　五十歳を過ぎて世の中にこんな物あるなんて
ちっとも知らなかったわ　あなた　ほら
一緒にお飲みなさいよ　なんて

母はやっと覚えたワインで頬を染めて
どんちゃん騒ぎをする
今から想ってみれば　あれが最高な晩酌だ
あれが最高のおしゃべりだ　売り喰いで買うワインで
最低の貧乏で　最高の晩酌をして　暮してきたのだ

じきにおなべの中で玉子が踊る
いったん茹だった玉子は
おとしても割れない
まーるい身体をころころと
坂道をころころと転っていく
水の精霊と火の生命が　結びあったところで
始まる
こんな風に加熱して
武装して生きていくなんぞは
野暮天め　愚の骨頂だぜ
生きる工夫　喰べる秘密は歳月と共に
じゅんじゅんとガス台の上で　沸騰していく

ターザンとジェーン

この耳の開かれた回路は
まるで水門で
誰だって　このしたたる水の間を泳ぐ者
を拒みはしないのに
古びた三半器管は真正直で
外耳道で　すでに辛すぎる音　みみざわりな　奴らを
けっとばしてしまう　殺してしまう
聞える音だけ聞いていればいい　と先達はいうが
あの音色の聞えない人たちに
はたして　これが音楽として　聞こえるだろうか
誰かがわたしを呼んでいると思う時は
いつだって空腹の刻だ
空腹は周期的にやってくるが
直感はいつも正しくやってこない
誰かがわたしを呼んでいる
声ではない音が聞える
そんな時　たましいの森で

ターザンとジェーンが
官能の色こい　あの路を通って
どこでもする　隠れんぼをしている
しのび笑いが　肉体から離れて　じかに心に響く
ああ　まわる　まわる　身体がまわる
目がまわる！
あの男は　密林のジャングルの
池という池を　蔦から蔦へ　飛び
腰は　なめした匂いの残る
獣の毛皮で　ほんの少し隠され
空中で舞い（当然　ジェーンも裸に近く）
ふたりは　樹上の家で
したたる甘い果汁の液で　びしょびしょになりながら
これを吸い　喉をうるおし
疲れと満足で
闇を抱きあって　夜は深く深く眠る
生命があって（誰のものでもない）
生命のある者たちの
うっとりしたささやきがあって

あちらでもこちらでも　路という路から
ひそひそと　生きている者たちの
ざわめきが
たましいの森の全体へ　こだましているが
まばゆいばかりの無色の
発色する　かがやきからは
実はもう何も聞きとれはしない

ああ！　音
ああ！　声
わたしを呼んでいる
わたしが呼ばれている
その声は　誰の声でもない神の声に響くから
神の人の声がして
その肉声！
その肉の声は　いつだって
うまれた時から知っている　同じ回路を通じて
ふい打ちで耳に届くのだ
ターザンがジェーンを呼んでいる　おたけびが響く

密林にはたったひとりの女しかおらず　無論
何万人女がいてもいいのだが
結局　ターザンが呼ぶのは
ジェーンと呼ばれた女ひとりで
わたしが呼ばれたわけではないが
このわたしもきっと（ある人たちのように）
末端肥大症という　一種の病気であって
耳が音を探している
肉体が音楽を欲している

身震いして　おののいてしまう
その音色は　まず打楽器の
流れる川の蛇行の
うねる　はてしなく単調なリズムで
遠く近く
近く近く　心臓にじかに共鳴するが
やがて　心臓の鼓動とひとつになってしまう
しまうと　　高く高く
管楽器の

森のむこうの夕焼け空
血をうすめたワイン色のメロディ
ぎくしゃくする不協和音をも
セッションして　きりきりとオクターヴをあげていく
〈ちがう！　まって！〉
よく耳を澄していないと
コードの変更が　風と汗にとばされてしまう
しまうが登場はいつだって
おずおずと弦を引くのだ
ひとかたまりの弦楽器は　ブルース
旅から旅へのどさ廻り
音たちは　かなり受身を強いられるが
それというのも
口や手を使って鳴らす楽器とちがって　弦は
純粋に楽器と楽器の
部分のぶつかりあいとなり　糸を糸で　たぐりよせ
土の内の隠された根をたぐり
生命の源を一本で　たぐりよせ
翼を持つ天使のやさしさで　玄人は

まずい音を　不安で　美しい音を　恍惚で　こする
この音を拾う者らは
一様に　いちどは　砂漠をわたる　砂嵐と聞き
いちどは
〈お水を！　水をちょうだい！〉
と演奏をやめてしまうが
片手で探す　ピアノの八十八鍵に
施律がよみがえりもするのだ
もっとたくさんくりかえして　くりかえして
最初のリズムに帰っていくまで　なのだ！

誰かがわたしを呼んでいる
言葉でではない　言葉が持つ　影と光
骨をおおう　血と肉と温度で
言葉を編むであろう
蔦から蔦への　ジャンプで
たっぷりたたえる水の　その沼地の周辺で
あふれて流れていく幾筋かの
川の音色で

わたしとにる　しかし　わたしとちがう
楽奏者が　踊る　ケル　すべる
口笛でもって
わたしを呼んでいる　わたしは呼ばれる
いま　わたしは　一方で
血のつながらない　血より濃い
この耳の同胞者たちに
子孫たちに
音楽が伝える
樹上のふたり　ターザンとジェーン
素裸のふたりを
水門をあけて
たましいの森　あの路で
待ちぶせして　生きるのに
ちがいないのだ！

ピカソ・半獣神

1983.12.31　美容院に行ったのち、ラフォーレ原宿にてピカソ版画展を見る。髪を切る。

男に尻尾があったなら
あの男には
獣と神がじゃれていて
いじるのだ　いじくるのが好きなのだ
熱心にいじくっているうちに
国籍や国境線を　女を喰べてしまう
たいそう丈夫な胃袋なものだから
眠っている女を眺めているうちに
あの男も寝たくなる
獣と神と女と
みつどもえの三角関係だ
女を喰べると
尻尾が消える
一日が終わる

この男の尻尾をつかんでやった
モデルの女は　ほくそえむ
見られている側の生と見ている者の眼が
石画の内で交錯して　瞬間火花がとび　闇
黒から白へ　何条かの線が　複合し
運動する
今　死んでもいいわ
肉は刻一刻　爛熟
手の骨は　さらに生々しく
骨格が残る　そげおちた爛熟が花になる
花を画鋲で止めて
スペイン産の酒をぐいぐい飲みながら
踊り狂うこの男は
犬だ　大きな犬だ
尻尾を鞭にして　われとわが身を
忠実に打つ　じゃれている
大きな　神の犬だ！

雨に歩けば

職業がしばしば　人格形成に　ある影響を与える
なんて思う
銀座の一丁目から八丁目までを
歩いているのだが
ガードレールがあって
そこに一台ポルシェがとまっている
いやフェラーリでも　セリカでもいいのだが
この僕は歩き
〈ボタンの取れてないバーバリー、風で飛ばないス
テットソン、二十対一のマティーニ、そして名誉
だ。〉という矢作俊彦氏の
「マンハッタン・オプ」だよね
帽子もない訳だが
胸のときめく僕のと〈かっこ〉のつく彼女は
ギンギンぴんく色のカクテルの女だ！
小鳥のおしゃべりさえずりだ！
甘さとやさしさとほんの少しばかりほろ苦い

シェイクのきいた女だ！　あんな女がよく生きていける
無事に
電話のむこうで
〈今日はいいお天気ね　でも雨降りも悪いもんじゃ
　ないわ　想い出がゆれるわ〉
いつだって挨拶ばかりの彼女だが
僕には
〈いい男ね――　ダーリン　愛しているわ〉
という風に聞える
よれよれの着つぶしてしまう何代目かの
バーバリーのトレンチだが　歩いても
熱いというより　あたたかく
いつだって　すれすれ　明快に他人で女だから
この僕だって
彼女を抱かずに暮していく
法はないってもんなのさ
〈美味しい食事をごほうびに作るわ〉
なんてさ！

角度を撃て！

「背中から狙うなんぞは卑怯だぜ」
殺すのはいい
殺されては歴史は作れんからな
「やっかい事はなるべく避けてきた」
ヘンリー・フォンダはいうのだ
大人の男たちは惚れた女と（西部劇を）
手に手をとって　うまく引退し
まずはいつも一周遅れの　わたしが
演じなくては生きていけない（チェ！）
ほこりだらけの街
色情狂と不感症を　粋と野暮で
行っては帰り　あの時代はいい
東京は今　どの街もちょっと知り合いばかり
撃ち合いする日にゃ
身体がいくつあっても　忙しくて間に合わない
だからいうのだ！　なしだぜ！
この殺し屋稼業の足を洗うなんぞは

銃のかわりに言葉を持てば
殺意の動機も　言葉ですむか！
しゃべるな！
言葉には言葉の
血のしたたる　その匂いが
届く限り　抜くな！
腰のガンベルトに手を掛けず
背中から狙え　正確だ
獲物は（追手を集めて）
他人の姿を借りた　この　時代の　自分だ！

季節

季節が移った
大好きな　紫陽花が咲いている
雨にぬれて　咲いている　横顔に涙を浮かべた
まるで女みたい　だね
日本は　雨と樹と半島の　島国だから

日本の女たちは
いりくんだ路地をいっぱい持った　街だ　都市だ
身体中　ふしぎの謎々ゲームだ
梅雨は　どこか湿ってしまう
昔　雨が降らないと作物が育たないからと
神サンに雨乞いをしたそうだ
まるで泣いているみたい　だね

この国の女たちは
いじめられても　けられても
それでも成長していく
泣くのは断じてつらいからじゃない
心が少し乾いてしまって
ついた浮力を地平線の水位まで　沈めるためだ

念じて　願かけて
季節を呼びこんでくる
肉体のふしぎは　手に手をかけて
いりくんでみなければ　とけない

温度だ！

わたしは泣いてしまう
地面と季節と
ずれてしまう　言葉に

雨は降っても
花が咲かない　待っても咲かない

街を通って湖へ

僕の夢みる釣りは　まず街から始まる
雑踏で　僕の釣りを羨望のあまり
邪魔しようとする奴らが尾行していないか
ふり返ってみるが　街は人でいっぱいで
どの若者も僕とにたりよったりで　女の子の腰ばかり
眼に入り
なるべく人々にぶつからないように
大急ぎで　釣具屋にかけこむのだ
街にいると僕の釣り場は
くり返しみた映画のように鮮明で　あいまいだ
そこに彼女がいる　主人公だ
この物語の筋を僕は充分知っている　細部まで身体で
覚えている
けれど　いつも同じではない
秋は秋の　朝は朝の　ひとつの物語が掌の温度で変わる
尻のポケットのウィスキー壜も　ベルト附きのナイフも
ジャケットの胸に隠し持った何種類かのルアーも
僕のささやかな武器である
家でいつも猟に一緒に行くセッター犬のジンが
連れていってくれ　とほえているが
三角関係になりそうな　ややこしいことは
今日は断じて避けるべきだ
ジンは彼女を喰べようとするだろうし
そうでなくてもふざけて　殺すに決っている
僕は彼女とするのだ
恋愛ではないが　人々がそこから喜びを見出すのと

似た味がする
これはスポーツだから
(自慢と聞いてもらっては困るが)
僕の釣りは　スポーツマンフィシィングで
事が終ったら　ちゃんと元の通り暮していた場所へ
彼女をそっと帰してあげるつもりだ
ほんの少し　傷ついても　それは僕との格闘のためだし
このファイトプレイは　一層彼女を強くする
強くさらにたくましく美しく大きく育った彼女と
再び　めぐりあえる日を想像するのは
夢みることだ
夢をみる　ために街で暮し　夢の舞台を触りにいくのだ
彼女と僕が一緒に暮せないのを　苦いと思った事がある
二重に　苦いのだが　それというのも
僕の言葉と彼女の使う言語がちがっており
僕らの合図は　しなやかな肢体　蒼い眼　輝くウロコ
一本で張る僕の糸　見えたことに僕が反応すること
神の造型の不思議が　満潮で僕をあふれさせ
僕の視線が水面にくぎつけの時だけ僕らの行為の成立だ

こうして僕らの釣りは始まり　終わってみれば完結だ
いつだって始まりばかりだ
現役の名の誇りと勇気で終わりのない始まりをするのだ
当然　現役だから現金は使わない（大切なことだ）
唄を忘れたカナリヤの僕は　歌わない彼女の
メロディに耳を傾ける
身をもって知る者は身体性で　それを表わすのだから
肉体を賭ける以外に　知る術がない
父も　祖父も　こうして知り
強い酒と　どぎつい冗談ばかりのヒントで
少年の僕に　謎々を置いていった
この海と河と半島と四季の国にあって
強い酒や　冗談ばかりの伝達は
女たちの巧みな隠蔽にあって　姿を消したようにも
とれるが
少年の僕が　長じて会得した性が女である事実の前では
僕の分裂もひどく
僕は暮せない　街でしか暮せない
街から街を　男から男を　シャンソンの娼婦

マキは渡り歩くが
過激な過剰は　ほんのわずかばかりの欠損を
うめられないし　生きて時代の街角に根をおろす
幻想ばかり肥大し　スクリーンの向う側で流す涙も
時代錯誤と感傷と想い出の堂々めぐりで
マキが演じると　実にウソくさく　衣裳ばかり派手で
たまらないんだ
ボケないでおくれと　様々にうつ手も
だいたいからして資料不足で
いったいなんで僕だけがこんな女を道連れに
生きなくちゃいけないんだろうか
マキのオーストリッチのショールの羽で一ヶ手作りした
擬餌針
ひとりの女のもち物で別の女を釣る　のもこの僕なら
鳥の声　樹々の風のささやき　水面の光りの動きに
身体をのたうつ彼女　もこの僕
あのシャンソンが深夜　もたれたバーのカウンターで
響いた紫煙の内で
マキ　どうしたって僕であるマキ　化身した僕

生きてこの街で暮すということを
この時代のはずれにある　あこがれの夢みる湖を
僕は心で見る
どこかから　ざまをみろ　と声がするが
いいさ　全責任を負って　生きざまをみろ　さ
こんなこと　別にたいしたことじゃない

わたしの象

わたしをのせて　運んでちょうだい
髪を洗いたいのよ
ジェイ
髪を洗いたいの
あすこまで　歩けば
全身の　水浴びができるのに
わたしの象は　行きたがらない

そりゃ　心の核心を素手でつかもうとする男は好み

ではないのよ
物には　順序があって
最初は　わたしの落し物のハンケチを
あなたが拾う
次に　あなたのを　わたしが受けとる
そんな風な　やりとりの　たくさんを
あなたの手　さらなる生命
長いあなたの鼻の　野生の
時々　動物のあなたの眼に
大人の男の悲しみと　少年のよろこび
の両方が　いりまじって
わたしを　じっと　見ていることがある

わたしの象
ちっとも　行きたがらない　人よ
わたしをのせて　運んで
髪が　乾いて
草原を　口笛が　響く
あの風の瞬間まで
あの風の　ふきわたる　遠い午後まで

うそ？　ほんと？

女を見ると　僕は小さなその爪や　髪　衿足
くびれた腰や足首　唇などを見てしまう
いつだって　目に見えるものにひっかかっていくのに
さんざんひっかかったとも思うのに
まだこりないのに
目に見える女を見ながら
実は見えない　女を探しているのだ

母親は　いまだにこの僕にむかって
まず次から次へとおつきあいが替っても　まだあなた
しょうこりもなくといい　いい齢してともいい
僕も　まあその通りなんだが
ずーとつきあえる女の頭や心について
身体ほど　実はよく知っていないのではないかと

不思議なことだ　この秘密はと　考えこむ
女に深入りすることは恐くないのだし
それは暮しの少しかも知れず　全部といえるのかも
知れないが　そんなつもりでも
目に見える姿だけでは　さっぱり女は分らない

これで僕の毎日はこっけいな位　大忙しとなるが
つるりつるりと逃げだしてしまう不定型のものが
うまくつかまえられない

五月は僕の人生の強化月間で　拍車をかけてみるが
おりたたんだ気分の深いところが
ますます　気難しく
わがまま　勝手　自分本位　仕事中心　いまいましい
となれば
やりすごす時間に　じっーと目をつぶって
目に見えるものに　身体をかけていく以外
僕みたいな　いいかげんな男の
女のつかまえ方　あるかねえ

僕たちの暮し

「夜がどういうものか　わたし　わかったわ」

風呂上りの彼女は　濡れた髪を束ねて　煙草をくわえる
くそめ！

「用があったら　電話のむこうで口笛吹いて！」

「教えてあげたでしょう　あなた」

ハードボイルド小説を読みすぎる彼女は
なんたってハードに僕に迫り　主人公の役をぐいぐい
押しつけてくるが　団塊の世代の僕はトレンチコート
よりアイビーファッションで育ったのだ
バーボンのストレートより　缶ビールの方を好むのだが
胸の大きくあいたシルクのブラウスに真赤のマニキュア
彼女に鼻先でせせら笑われるのは　こたえられない
くそめ！
「僕が無口だって　知っているだろ」
「無口な男は　手が早いって　知っているわ」
僕がベッドにたどりつくのにはそれなりの手間がかかる

のに彼女の方がいつも一足速く　待ちぶせされる
僕がそこを離れる時は深い意味はないと思うが　彼女の方は、活劇の後にまた活劇の幾重だ
どうやら僕はホームドラマを演じたがる　お父さん役をやってみたい年代なのに　彼女はあくまでスリラーだ

こんな女のどこがいいのか　と聞かれても困る
僕の彼女は生きる秘密を知っているのだ

犬に似た馬

真の闇の森の戸口で少年と少女は自分たちを包む暗闇をひどく意識した　空から星が降ちてきた
「願いごと　祈ったの?」少女は聞いた
たとえ流れ星に願をかけることがあっても
誰にも聞せたくなかった　もともとこの男の子はひどく無口であった
少女はふと　生まれる前から今のような光景をかって味わった気がした　知っていたのである
星空に以前確実に見たことのあるあの半獣神の馬ペガサスが勢いをつけて駆け抜けていったが　瞬きが少女の想いに拍車をかけただけなのかもしれなかった
「行こう」　二人は森にむかって歩き出した
家庭の主婦をする女はひときわ丹念に朝刊に目を通すのである　結婚しているにしろ一人モンにしろ女性は生活の万端をとりしきる快感おもしろさをよく知っている
朝刊の大広告の大図鑑にドキッとするのだがこんな高価な訳もない本を購入する者があるのだろうか　イワク「かって生存した今はもう死にたえてしまった地球の生物図鑑」
そしてオーストラリアに生息していたという大カンガルー　突然この世から消えてしまった不思議な動物たちの挿絵があった
この図鑑のどこの頁をぱらぱらとめくっていけばかって少女の頃一緒に暮したあの友達にあえるだろうか想いのたけを秘めて本屋に直行する午前中

母親がその笑顔で父親がその威厳で少女の暮しの範囲を形成していた時分の暖炉は家の中心であって（たとえ夏の季節でも）熱く赤く燃える炎と（それは鍋の喰べ物を沸騰させ）あの友が傍にあった

前肢を心地よく折りそこに頭をのせて尻尾を時々振りながら眼は半閉で少女の手が鼻に耳にかかり話しかけるのをこの大きな生物は待っていた　無口であったがというのも少女のしゃべるような言葉をこの生物は持っていなかったからである　けれど互いに長い間一緒に暮してきたので人達が理解しあうであろう理想的な様子で互いを理解しあっていた

「おかあちゃま　大人になったらジェイと結婚するのよ」「まあ　いいわねぇ　すてきなアイデアだけどジェイは犬でしょう　犬と結婚するの?」少女は切羽詰まったなぜならば（大きくなってそう理解するに至ったのだが）彼女が暮してきた生物は現在それに似たとすれば明らかに馬であったからである

冬の裸の木立をジェイの背中にのってすすむ時　自分の二本の足で走るよりはるかに速くはるかに高い目線で進むのであった

ふさふさとした長い金茶の毛をしっかり握って「止って」「降して」「のせて」「いって」と四語あれば彼女たちの森は自在であった

それをたてがみと呼んでいいのだろうか

たてがみであったのかたてがみでなかったのか　後年歌舞伎で見た獅子たちはジェイを抽象に美しくしていて少女を悲しくさせた

また右前肢に釘をさしたことがあった

その傷口から化膿がはじまり　生物は夜も翌朝もさわると熱であつくじっとりとたえまなく身体中に汗をかいた

「すごく痛いのね　すごく痛い」

父親が消毒のため焼いたナイフで傷口を刺してウミを出した

生物のドッキドッキと響く心臓の音が少女の心臓の音と重って部屋中に音だけが聞えた

かきまぜると壊れてしまいそうだった

つい昨日のことのようだ
朝方　うなされて身体が硬直したように目がさめると
真の闇を　星が流れていく

（『気分をだしてもう一度』一九八七年思潮社刊）

詩集〈そして、川〉から

川。辻征夫さんの葉書のごへんじ

むかし　深川と呼ばれていた界隈へ越してから
日曜日の夕方は　百円ライターとキャスター
一万円札を一枚　尻のポケットに
ねじこんで　散歩に出かける

最初の四っ辻に立つと　もう
そこには　この町の風情がたちこめている

〈匂いで分ったのでしょうか？　あの方に〉
よく熟れた桃みたいな　湯上りの女の人の
ささやきが　風にのって運ばれてきた（気がした）

いまよりも夜が　もっと暗くて深かったころは
いまよりも僕は　もう少し若くて

――白い花の名前を数えて　歩いた
せっかちな初夏はすぐいってしまう
翌週には　じっと
〈待っているふりをしても
　そんなに　待ちはしないのよ〉

夜　散ってしまった木に咲く花の姿は　ただの　投影だ

十何年も使っている　中里隆さんの
三島の大鉢は　乾いた固い地面に
白い花びらが重なりながら散った様子で　硬質で甘い
甘くて　やさしくて
抱きしめると　どこかへいってしまいそうな

――幻の花をみた（気がした）

汗が　涙が　流れるように全身を浸して
路地にいったん　入りこむと
どの家も　玄関の前は

しどけなく　官能をふりまいて
思い思いの風雪に　耐えた　花と植物　であふれている
〈見るだけで　お分りになった気でいらっしゃるの？〉
ささやきが風に　運ばれてくる

ここで暮しているって　ことは

――そうさ！

街のはずれからすみまで　いくつもの川をわたって
散歩する　そういうことなんだ

＊「SCOPE」に料理と酒のことを書いたエッセイを連載していたので、下町育ちの辻さんがあるとき葉書をくださった。文面は短かくこうである。――ポケットに一万円札をつっこんで、ぶらりと遊びに行きたいようなお休みの日の夕方、どこか下町で飲みましょう。
――けれどいまのところ、辻さんと飲み歩く機会はまだない。

そして、川。ここで暮しているってことは

仕事を終えて　タクシーにとびのり家に帰るのです
ほろ酔いで　ほっとして
永代橋を渡ると　もうこっち側
池波正太郎さんいうところの　江戸時代の深川は
川と堀にめぐまれた　日本のヴェニス
魚屋のおじちゃんは　もみ手をして
奥さん　今日はなんにしましょうか！
花屋のサトーさんのカミさんは　ふっくらやわらかい人
ブラブラ竹籠をぶらさげて　散歩に出るのです
武蔵野台地で育った　少女は
もう　すっかり大人になりましたが
学校の屋上の　柵に腰かけて
所在なげに夕陽を眺めていたころの気分が抜けなくて
毎日が　とにかく祝日
はやく歳とって　おばあさんになるのだ！

やわらかくて　あたたかい手触り

銀座でいちばん　はなやかでにぎやかで
ネオンサインと盛り花の　たくさんある並木通り
むかし梶山季之さんは　この通りを
なみだ通り　といいましたが
そこで　その子は仕事をし
川を渡って　下町に帰るのです

なみだ　に限りませんが
花火の　紅色の　定型のない
流れるばかりの水の上の　この街は
ぐずぐずと　終わりも始まりもなく蛇行し
おはなしといえば　聞き手の具合のいいように
光り輝くと　石ばかりが宝石へと変わります
唇を重くして　この川の
水は　たらふく飲んではいけない
水に　あてられないように
ほんの少し　身分相応に口をすすいで
生活の糧にする　ぐらいがよろしいのね

飲みすぎて　毒にあてられると
男も女も　背すじはのびるわ
歩き方はきれいになるわ　骨はぼろぼろになるわ
次の川を　渡れないありさまで
それでも　眼はしっかり　次の橋を　視ているのです

けれど　そんなことはどこにでもよくあるおはなしで
だからこそあなたはときどきあなたによく似た人たちを
えこひいきして
もうすっかりここでおぼれているんじゃありませんか！
こっち側もあっち側も　甘い水も辛い水も
水源はひとつ　川は無数です

そして、川。わたくしの川は閉じます
わたくしの川は　閉じます
なにかを逃したくなくてそうする　のだけれど
傾むくと　流れていってしまいます

さいしょは　心についた水滴のひとつぶだったのに
夜半にあふれるほど眼球から流れていった　あれは
あれは人が涙と呼ぶものだった　のでしょうか
一方では確かに感傷は嫌いなのですけれど　いやなあに
誰ひとり見る人もないところでわあわあと泣くことなぞ
誰ひとり知る事のないことでひとりを揺らしてみるなぞ

ほんの春の手前で　いちばんで吹く風に
さざなみ立つ水面も　水流も
季節の力を借りないと　動いていけないのです
そう動くこと　生まれおちたところからはるかに遠くに
遠くへと　移っていくこと
それがここで生まれ　ここで生きる者の宿命なのです

意識を止めようとする　それは
わたくし自身を逃さなくするための　知恵なのに
わたくしの川は油断をすると　次のところ次のところと
官能と呼ばれるとろとろの　粘液になって流れ出して

閉じても閉じても　傾いて流れて
いってしまう　それが川
それが詩〈それが死
それが生〈それが性

わたくしの川は　閉じています
断固として　閉じているのに
わたくしは流れていく
流れていく――ということに逆えない

夜半にあふれるほど眼球から流れて散った　あれは
あれは人が涙と呼ぶものだった　のでしょうか

そして、川。いくつもの川を渡ってお訪ね申し
　ます

いくつもの川を渡って　あなたをお訪ね申します
――会いたいから

おかっぱの髪が　川風にたなびいて
うれしくて　幸せで充足していた

渡る川には　時節がら鮭が上り跳ね飛び
川虫が石にひっついて　これを狙う魚たちがいて
その魚を　狙う釣人がいて
釣人にくっついてきた子供たちの　笑い声が
風にこだまして　風がゆする樹々がある
昔はこの下町のはるか下流は　船の行路であった
野菜が下り　魚が上った

少女はその橋で足を止め　いつものぞきこむ
――ねえ　なにか秘密があるならおしえてくんない？
――川は　無口だね
無口なのは　あなたもそう
お訪ねしても　ちっともほどけない
けれど帰りは　身体がぱんぱんで
風船をあげているように　軽い

あれが初恋だったのか　週一回
お習字のお道具をかたかたいわせて通ったものです
ていねいに　真心こめて　それからじっと見ること
――上手になる秘訣って　やっぱり秘密なのかなあ

秘密なんて　人生にありませんよ
ていねいに　真心こめて――

尊敬していた　のだった
大人になって思うのに　尊敬する気持ちなしに
仕事も　人も解りはしない
天分は闇夜のかがやき　星のまたたき天の川

もうひとつ教えてもらった　よい川は
魚と虫と石と風　それに木
昔からある物たちが　あるように同居して
あるがまま　流れていくのだと

いまは　恋心が酒
濃度を上げて酔わせます　いくつもの
川を渡ってあいかわらず　あなたをお訪ね申します
――会いたいから
その一心で　ひとつひとつ
橋を渡って　お訪ね申します

儀礼的なさよならのあいさつのために

I

たとえ　わたくしの身体に触っても
身体に触るように　心に接触しないで!
心に　侵入することは
頭脳を　フル回転することだ
はにかみからか　スタートから
ダッシュするまで　時間がかかる
肉体には　慣れがほしい

女友達から　金色の太いろうそくがたくさん届いた
闇に　黒は　金色は輝いて　美しい
熱中して　燃える火は　ただひたすら燃えているので
太陽が朝に　月が夜に
水が川に流れるように　人をあたり前の気分にさせる
美しく感じることは　なにかあたり前のこと
しみじみ感じ入る　ことなのだ

たとえ　わたくしの身体に触っても
すぐに　心の経路に届くと思わないで！
投げだしても　投げだしても
まだ見えない　もののために
わたくしも　生きているのだ

言葉は　沈黙の引力に　しばしば引っぱられる
闇の黒で　金色が　ひきたつように
空腹なしに　食欲がないように
昨日があって　明日があるように

今日　この場所に　とどまることに
全能力を　賭ける

そのことを恋文にして　あなたに届けたい
いまは　あなたと呼んで　叱られないであろう
祖母と　その娘の　わたくしの母へ

II

心と身体の　フットワークがよいことが
すこやかだ　これは
母からの　秘やかな申し伝えだが
(年頃になった娘に　自立できない人間の女は
妊娠するべきでないと　言い渡した母よ
いまごろになって　そのことが悲しい
子供は所詮　勢いで生まれるもののような……
違うのかしら……)
その母は　わたくしの知らない苦しみのためか
睡眠薬を多量に飲んで　窓から　ひらひらと

飛び立って　いってしまった
犬とダイヤモンドと　たくさんの言葉を残して
そのあと　犬小屋は
地の猫の　出産場所になり
チビだのクロだの　シマだのミケだの
ブスの　美人の　オスメスの　猫がたくさん生まれた

たしか加藤シズエさんが（八十とおいくつでらして）
年とった女が元気で　生きていられる方法について
コメントしてた
新聞のインタヴューに答えて　そのひとつは
『死者とむきあって語ることです。忘れないことです。』
この世とあの世を結ぶものが　仕事と仕事を離れた
「わたくし」だけの暮しを　結ぶもののように
切なく　聞こえる
いったい　仕事を離れたら　なにが残り
在るのだろうか
そのことが　わたくしをかりたてて
けじめについての　人生を考えさせるのだ

キッチンドリンカーにも　孤独にも　なりたくない
「ああ　神さま
ひとりぼっちで　わたくしを死なせないで！」
けれど　少しアルコールが入ると
あの絵は　あの人へ
蔵書は　全部この人へ
宝石の類は　義母へ
陶器は　すべて彼女へと
すてきな　女の人達を想い浮べている
何のために生きるか　ということについて
ひま　ができたら　いま少し　よく考えよう
それから　ひとりで泣かないように
よい　類の男を　みつけよう

Ⅲ

そのとき　祖母から聞いたのは
コロンブスの　アメリカ大陸発見の事実のようだ
祖母は（寝室で　ゆったり笑う写真の彼女は）

夫になる人に　乞われて日本を離れ
アメリカで長く暮らし　母を次女として生んだ
（太平洋は　現在より　ずっと広く大きかったかしら）

母が　自由で　気ままで
傷つきやすい　少女の気持ちをもち続けたのは
きっとそのせいだ　アメリカを　多少　味わったせいだ

キィ・ウェストのヘミングウェイも
酒乱になったチャンドラーも
アナベル・リーを恋う　エドガー・アラン・ポーも
小説ではヤリまくりたがるミッキー・スプレーンも
Gパンのよく似合うジョン・ウェインも
かすれ声のハンフリー・ボガートも　猟と釣りの
大好きな映画監督ジョン・ヒューストンも

小説に描かれる　マレーネ・ディートリッヒはいうのだ
――彼女の敏感な目と見事な知性は、ハドソンが長年
かかってやっと見えるようになったものを
瞬時にして見て取るのだった。
「やっとましになったわね」ハドソンの生涯を通じて
彼女が嘘をついたことは一度も無く、
ハドソンも決して彼女に嘘をつくまいと心がけた。
だが彼には所詮できぬ注文なのだった。
（ヘミングウェイ「海流のなかの島々」）

そう　だったのだ
母も嘘がつけず　自分に怒り狂って
強い風に　根こそぎヤラれる　ススキだった
花びらを飛ばして　茎だけのコスモスだった
愛されること　甘やかされることが
どれほど　甘美な至福な　ものか

父とふたりの生活が　充ち足りていたせいか
困ったことに　たいていの男は色あせてみえる
総天然色映画から　モノクロのスナップに
画面が固定される　想い出は
逃した魚が大きく見えるのと　同じに

いきいきと楽しいが　その
想い出ばかりで　生きていけない

頭脳と心を結ぶ大きなうねりに　身体のそれに
自分で理解できる　深い亀裂が入っており
時代の刻印が　押されてある
火傷をしたのは　いつだったのか
こげるすえた匂いと痛みで　気絶してしまった日よ

それでやっと　祖母と母のいる
場所の近くに　たどりついたのだった
女の生きる場所に　いつもまちぶせする男たち
まるで　女みたいな男もいて
男より男らしい女も　いるのだから
容姿と性だけでは　判断がつかない
そのことを真実　手に手をとって教えてくれたのは
男たちではなく　女たちであった

だからか　ディートリッヒは男らしい
唯一　男の女優であって
この人なら　その職業を賭けて　きっという
「ひとりの男を幸福にするのは　あたりまえのことよ
私たちの仕事は　その上にたくさんの男に何かを
少しずつ　あげることなのよ」と

なのに　下品にならない
下品が分らないと　上品になれない気がするが
不幸が分らないと　幸せが分らないが
手に入れるのは　天性の手腕でもある
本物はいつも　あたり前のことなのだ

「ひとりの食欲を満すことは　衣食住の
暮しの上のことだけれど　たくさんの人の
食欲を満すことは　職業になるでしょう」
職業と人を組み立てる何かについて　考えているのだ
仕事といい換えれば　どうだろうか
周囲は　ハードに働く人たちばかりで

その勢いの　時代の波にもまれる
わたくしはうまく　呼吸ができない
エラがあればいいのにと　バカなことを思い
（呼吸が楽）
年をとったら　世界中の動物園を巡り歩くのだ！
カメラを持って！　と強い決心をし
出産するのがメスなのは　どういう訳なのか
フフン！　海にはたくさんの生き物がいて
子供を作るためには　オスの手助けがいるのだ！
男の手を借りないと　できないことがある
視線や会話　そしてあなたの肉体である
あなたの欲情なしに　私の肌はメロディにならない
わたくしの受身は　子作りにつながり
あなたの欲情なしには　わたくしの満腹はないのだ
ひとえに　女の満腹は男の空腹にかかっている

V

だから　このおはなしは　円環的に最初に戻るのだが
たとえ　わたくしの心と頭を説得しても
わたくしの「そこ」に触るように
猫のタマや！　に触らないでほしい
わたくしの猫は　気まぐれで
腹痛をおこし　慣れることを知らない

慣れないことこそ　知性である
同じ花を手に　入れるにしても
木に咲く花が　すばらしいのだ
チューリップにうまれる　親指姫を幻想するのは
小さいものを　ますます小さくすることだ
いつだって　打出の小槌を鳴らして
一寸法師を大きな男にするのは　女なのだ

「さよならをいうことは　少しずつ死ぬことだ」
と　フィリップ・マーロウはいう
たくさん　さよならをいって
どっぷり死ぬのが　人生だ
木に咲く花だ　実のならない

木だ　なるかならないかは
バラの木にバラの花咲く　不思議だ
たくさんの生命の結集　だ

ソニア　リキエルは　ファッションでいう
――「淫らであること、公けであること、
それは最低で、同時に崇高なものだ。
それだけが、ただひとつ生きる方法なのだ。
そうでなければ死んでしまう」――と

さよならのあいさつの届く範囲ではいい
この時代の波で　うねりで　亀裂で
片眼をつぶった　ふりして
あいさつなしの　不意打ちは
明日の朝まで　待ってほしい

儀礼的に　したいのだ
僕は持っていたものを　全部出しつくしたが
それでも充分ではなかった　だってさ

それだって　きっと　恋文にして届けるほどには
あなたの耳に　届きはしない！

（『そして、川』一九九一年思潮社刊）

詩集〈夜の水〉から

銀座九丁目は水の上

流れていくのだから汚穢でもいい
浮かれているのだから猥雑でもいい
きれいになあれ
きれいになあれと念じたところ
醜いものは　所詮醜い
なのにやりとりの秘密が始まって
一人が二人に　二人が三人に
昼が夜へ　橋の下が舞台に化けると
暗転したそこは聖になり
水に酔い　溜息は吐息ささやきに
そんな街に生きる者たちに寿命はない
言葉で殺されるのは男
おのれの生命にとどめをさすのはおんな
昨日の老婆は今日の少女

小舟に運ばれて　あとからあとからつるりとした
桃のかたちの尻を持った原型が運ばれてくる

膨大にふくらんだ生命の量だけが
美になあれ　美になあれ　と
街の上をつるつる滑っていく
今夜は永遠ぐらい闇が深い
せめてなにが嘘かそのくらいは伝えておくれ

八丁目の橋から入ると
ポーターやマネージャークラスがうろうろしている
通りがあり　小雨が止んで
僕の気持ちは浮き浮きとは　ほど遠いが
街がくっきり　女にはなにやら秘密がありそうに見え
こう　待つべき者がやってくる　という気分で

何度　騙されたことか
この夕刻の時間
夜があざ笑うようにやってくる

〈吠えろよな　吠えるさ！　吠えなきやオレじゃない〉
人が飼っている〈生き物〉が　檻から出たがる
すきを狙って　出てくる
手負いの熊はなんであれ　相手にとどめをさす
殺さずには戻ってこない

青い空がいったん灰色に沈んで
夜が始まる　だが
ここからはいい　別の舞台
別の脚本が使えるもの

危険はそのほんのちょっと前
銀座九丁目は　水の上　である

all of you

三月の休日

南向きの窓を（そこにガラスがないくらいに）
透明に　ふいて
外の風はまだまだ冷たいのだが
部屋中の植物があくびするほどの
陽ざしがたまったなかで
コールポーターのCDを聴いている

へえ　こんなにたくさんのラブ・ソングを
作曲したアメリカ人が中年には落馬で
後半生を車椅子で送ったなんて……
（彼の弾いたグランド・ピアノの前には何枚かの
写真立て　ほほえむ人
山ほどの五線譜　ペンが何本か　あったのだろう）

昨晩食べた　あんこう鍋は大根も人参も別々に煮たもの
ねぎのぶつぎり　しいたけが入っていた
料理人のご挨拶で　あくぬきが肝心と教えてもらう
そのために別々に野菜を煮るのだと

人の待つひき出しに折りたたんで入れて
気難しくもあり苦くもあり
思い出して　とり出してみれば　そこそこ
発酵して匂いたち　セピア色に変色した
手紙がある

差し出すのか　受けとるのか
恋文でもないのに
艶のでたその文体を　ただ眺めるばかり

かげるまで

男とおんなは真剣勝負
泣いておくれでないかい
おんなのわたくしが好くほどに
男のあなたに可愛がってほしいの
ネオンの花束を花から花へ
歩いて見つけておくれでないかい

嘘の本当を笑って飲んでほしい
臓腑に届くひとことの
ことばの魔力に殺されたいの
覚悟ができていないのなら
あなたのその手を取って
雲にかかった月をしとねに
絹のささやきでくるんであげるわ
おんながいうことは信じられなくとも
することについていらっしゃいませ
まごころのありようも流れる水も
宝石にくるんだ小箱　開けて見る人あっての
秘密のできごと
ゆるゆると遊んでごらんなさいませ

きのうのことはきょうのことではないのだから
ましてあしたのことなぞ夢のまた夢
いなくなってしまう　つかの間の
はかない　夜の物語のことだとして

月のかたちが消えるまで
ひき潮のあとにくる満月の至福のことなぞ

出勤

何を着ていこうか
やっぱり裸では具合いが悪いけど
天気がよろしくて　風が甘いと
お陽さまの下を　ずんずんずん
きょうも風呂上がりだ

昔から眼は口ほどにものをいうといい
汗じゃないけど　女の身体は匂う
花は勝手に匂うのだ

きょうは何を着ていこうかな
〈瞬間魔術〉を使って　たぶらかされるのは
男だけど　ついでに

わたくしのこともだましてくれないかしら
一本道をスキップしながらくる少女
あれがついきのうの姿なら　ずいぶんと
重くなったね　たわわにしなる肉体の房々よ！

会う

裸体はこわい
はだかはいやだ
そこんところに手をつっこんだり　ひっぱり出したり
塩からいのつけるのよしてください味わいは深いと勝手
に解釈して触るの　止めて下さい　生ものに当たるとじ
ろじろ眺めるだけのその目線それがよくない　おおむね
距離感ていうあるようなないような勘にふりまわされて
近づいたり離れたりするそれもよくない　だからね　い
ってるでしょうが　あなたが脱いでこっちは見る　こっ
ちが着ていてそっちは脱がない　その間柄ってえのがち
っとも進まない理由なんじゃないでしょうか

運動会の子供たち
風呂屋の脱衣場
ダンスホールの女給たち（昭和三十年代の）
恋の合図がはじまるずーと前からシグナルが出て
そこんところだけ空気が濃く生臭く
八歳の時は知っていて十三歳の春に確かめた　それを
なにをいまさら　どうする気なんで？

五十男が上等な笑顔で近づいてくる
なんかこうおもしろいことしようか　ほんまモンのにん
げんのつきあいっていうやつを　かるくかるくこうして
みよか！

移動

少年の肉体には　なにかこつんとあたる
こつんとあたって動くものがある

少年だからそこのところが説明できない
うまくいえないのだが
肉声がひそかにずっと聞こえて
耳が膨大な巨大な機能するものになって
肉声がすみずみまで血脈を通って　言葉
言葉としていきわたるとき
少年は　いま自分が父であり祖父であり
男であり　男そのものであり
何代にもわたる　おとこ属科の
その生物であることを
少しは自覚するだろうか

その手ごたえの質と量とが
実は少年の肉体の筋肉の動きをよく示しているのだが
口は別に動き両眼は別のなにかを視て　とりとめもなく
決して　また街であつまる集会への
参加をよしとしないのであった

〈眠ってばかりいないで　起きなさい〉

〈はやく起きなさい〉
ときどき聴こえる声は母の　よく知る人のもの
じきに母になろうか　娘のもの
男と女が対になることを知らない
まだ知らない　ほんの少年の
たましいに　なにかこつんとあたる
こつんとあたって動いていく

お行儀のいい子の　ためいき
そのところの
そのところの　なにか　なにかしらん
はじまる前の数日間！

龍宮城

おかあちゃん　ぼくがおったお腹のなかのことさ
どうして覚えておらんのじゃろう
南の海には双子椰子しか喰べない妖精がいて右手をひとふりすると音楽つきで酒精ができあがるんと　双子椰子の一滴から
するといそいそと満潮になるってそれ本当？
そそっかしい奴だ
そいでもって浮かれた鯛や平目は飲めや唄えの大騒ぎ
河豚や虎魚も引きこんで大宴会を始める毎日　珊瑚礁の温泉地も自然として紅くなる訳でしょうに　あすこでねおいしいモンたらふく喰ってると食べることで大忙しでしい
〈進化論〉が超スピードで発展して　生活と思想が乖離することなく人間の型の生き者がどうやら出来上がるらしい
おいしいモンが仮りにもひとつあれば生きて酔えるといった魚座もあった
食べることはね　ここじゃまず手折ることだし殺して料理することなのです　隣りの平目も明日は喰べてしまおう　腹がすいたら知識も平目も血肉にするのが知恵というものじゃと昔の鯨はいっておった
夢などない　夢が現実なのでだから日々覚醒し続けることが境目のないたぷたぷした入口が即出口のこの海で暮

らすことなのだ
引き潮になる　まいどのことなのだが生命の出入口でと
りあえず贈物を置いたモンが出ていってよろしいと目出
たく寿命をまっとうして去る　であるから入るモンあっ
て出るモンあってそういっちゃなんだか決してここは迷
路ではなさそうよね
けれどおかあちゃん　僕働きモンやなあ　うまれる前か
らうまれるためになんかこうせっせと戦ったという気が
する
え？　感傷が甘美と結びついて肥大している？　そうか
な　けどぼくが女の子だっておかあちゃんが選んでくれ
たわけじゃないだろうにさ　理屈っぽい子ってさ
チンポがあってもやっぱり同じじゃないかい
で僕思うにさ
真実海に棲んでいるのは女族に決まっている
（乙姫様に人魚姫！）
どうしてお腹の中にいたときのことをさ
覚えていられないいんじゃろう

いま台所というところに立つ少女は

十一歳とちょっと　この間の春にあれがね
始まって娘になったつもり　らんらんらん
あの世まで道連れにしたい少年ひとり
二歳ちがいの少年はまあそんなことは　どうでもいいの
熱気にあてられても覚悟はできず
「作ってあげるわ　たまごの料理　あんたを元気ないい
男にして丈夫で長持ちよ」
たまごがたまごをうんでそこいらじゅう食塩　胡椒　豚
肉　帆立　胡麻油
フライパンが踊る　あっあっあっあっ
「あたしがどのくらいたまご料理にたけているか知らな
いのねぇ　いま次から次よ　ほうら　その前にいってお
くけどね　喰べなきゃだめよ　男の子はね　さし出され
た料理は口に入れるものなのよ　分った？　まず喰べる
のよ　喰べているうちに好みってものも分ってくるし
食欲ってなんだか理解できるものなのよ　分った？」

少年は瞳だけがきらきら輝く
ああ　少年は肥満になるし少女は狂気なのだが　大人は
だいたいのとこ関係がない
それでね　これはプレーンオムレツ　じゃがいものオム
レツ　ピーマンと人参のスペイン風オムレツ　茶碗蒸し
茶碗蒸しのあんかけ　ゆでたまご　半熟たまご　たまご
ごはん　温泉たまご　そうだ　あんた風呂に入ってきて
ね　髪も洗うのよ　分った？
きれいにしたらたまごをシャンペングラスと同じに並べ
て上から壊しっこしましょうね
黄味だけ集めて宅急便でお月さまへ届けるのよ　こうい
うボランティアが愛の暮らしなのよ

少女のころを思い出せばたまごは嫌いだ
アトピー性皮膚炎になった　おとこも嫌いだ
それでうちの男の子に同じにいいきかせる
分った？　分った？　分った？

（『夜の水』一九九七年思潮社刊）

詩集〈深川〉全篇

Summer＝まずは夏

夏祭り

両親が共に働きに出てかまってもらえない
一人っ子の少年
あれはあなただ
てんかふんの下から発疹の赤いぶつぶつがたくさん見え
肩上げをした
藍の浴衣を着る無口で頭でっかちの　手の大きな子
あれはあなただ
感じすぎることを恥じ　泣き虫なくせに涙を見られるの
が嫌いだから
ついつい乱暴になって従兄や叔母に疎んじられてしまう
あれはあなただ
人参が食べられないのおかしい　青魚にあたるなんて

変な子と
年上の女の人にからかわれて食べすぎで下痢をし
へとへとになっている
あれはあなただ
大きくなったら何になるのと聞かれて答えられず
物干台によりかかってほおずきの実をみんな
むしっちゃった
どうしてこんな夜に限ってお星さまがたくさん
きらきらしているんだろうと　朝方までそこにいた子
あれはあなただ
山の手からの転校生の色白の茶髪のポニーテールの
大柄な女の子に
三つ編みの女の子には決してしない
小さないじわるをした
あれはあなただ
内緒で飲んだ梅酒ですっかりよっぱらって目をまわし
いける口になるわさ
と祖母にいわれ　イケルって何かと思ってた
あれはあなただ

本屋から本をかっぱらって　もう二度としません
というまで出してあげないと
黴臭い物置に閉じ込められ眠りこんでしまった
あれはあなただ
白玉あずきより氷いちごの方が好き
仲間と秘密の宝物を埋めて裏の神社で火事を
起こしそうになった
あれもあなただ　おませな外食好き
父親と風呂に入り短い坊主頭を洗ってもらい照れていた
子　百数えのぼせておぼれそうになってしまう
あれもあなただ

わっしょいわっしょい　どしゃーとかかる水　毛臑が
光って　くらくらするほど男
どこまで行くのか神輿！
この日ばかりは誰かが別の誰かになれる
別の誰かになってやり直しがきく
天にいちばん近くなる祭りの日だ！

狂女

自分が色情狂なのか不感症なのか　よく分からない
のめりこんだまま　帰ってこれない
夏祭りのいっとう大きな一番神輿をかつぐ　下半身褌
いっちょうの　汗まみれの男たちが
いっせいに少女の自分に襲いかかってくる
くらくらする白昼の夢を見る
祭りの掛声と揃った足踏みの足袋の動きと
ぬけるほど遠くまで続くあおいあおい空と白い雲と
買い食いをする親子連れ　ごった返す人なみ
金魚の絵柄の浴衣はとうに寝巻がわりになって
それでその年
どんな模様のおろしたての浴衣を着ていたのだろう
ここで記憶が凍りついていてそこだけが音もなくてしんと
していて　一人ぼっちでもあった
「狂女のしーちゃんは真白いお尻をくるりと出してどこ
ででもおしっこをし　一言好きといった少年には誰にで
もやらせて上機嫌であって川でおぼれて　肺炎で死ぬの
だが」

*

川のそばのきしきしいう木造アパートの二階の六畳に
ストリッパーの母親と　二人で暮す
赤毛のぬける白い肌と緑色の瞳を持つ同級生は
お父さんは外人だったの　というだけで　お父さんは
ずーといない
私たちは手をつないで公園へ遊びに行くのだが
うっそうと高い木が風にゆれて恐くなると急いで
脇の道へ　とびだしてくるのだった
すると夕方でじきに暗くなり夜になるのだった
さようならさようなら　また明日ね
色情狂と不感症がいったりきたりしている
男との距離が　包丁を台所から持ち出して　父親を
刺そうとした　あの時からうまくとれない
他者が侵入しはじめると全身が蛇になってくねくねと
しめつけを　はじめる
いったい誰を殺せるというのだろう
死ねばいいんだ死んだらそれでいいんだ

今は確信のことがなんと甘美な逃げ道であったことか
男に抱かれたこともなかったのに
「殿！　抱いてしんぜましょうに」*
女忍者はしのんで入った寝所でそういい
殺して戻ってくる任務を留保するところから物語が
はじまる

今年の夏はことさら暑かった
夕方ではなく深夜に何度も雷がとどろいた
あれが私ではないとどうしていえるのだろう
あれらが私なので生の酒をたて続けにあおり肉体を
飲酒に解放して苛めてみるのだ
中毒になった少女――はいつまでも一人で
トランプ占いをする
誘惑者が誘惑される役柄から抜けきれないまんま

＊久世光彦著『早く昔になればいい』
＊池波正太郎著『忍びの女』より引用した箇所があります。

門前仲町

この町　富岡八幡様のあたりで
夜になると〈点〉になる男がいた
やるせなさにあおられて　陽が沈むと
歩き廻るばかりなのに
〈身持ちが固いのだ〉と本人は思い
〈飲まずには生きていけないのだ〉
とはたは思っていた
そういう具合に　しるしを持った人間がいる
雨降りの日は溶けてぐちゃぐちゃになるから
様子が分からない
晴れる朝はくっきり　酒くさいがたしかに神様が
その頭を掌で押えて〈仕事〉と名札をつけているのが
見える
水が大好きで水辺によって生きる植物がある
が　酒なしで夜のむこうへ渡れない

サバンナで猫科の野獣が　肉を喰い血をなめ

昼寝をし
堂々〈仕事〉に励むがなぜか人生借金だらけ

そのピンクを

シャンペンをください
ピンクシャンペンを　あなた
とても忙しい
ひどく酔いたい
嘘がぽっかり　ほら白い雲
腕がずずっ——とのびて
なんにもないところ　そらね
なんにもないものを　つかまえる
つかまえられる
たぶらかされる　たぶらかす
お菓子をください　あなた
カーブにかかって見えない
そのところにある　あるもの

あれがそれなら　やっぱり
そらが欲しい　夕焼けまで
リズムをください　きみ　きみの歌は腰まわり
ゆぶねのなかで　全裸なのは
かまわない　かまってほしい

ゆ　あがりには　きみ
シャンペンを出したまへ

桃色にそまる　ゆめをください
だから　と　生きていける
流れるもの　なにもないもの
それ　らのそら　それをください
そして　ひどく酔いたい
なんか　とてもひま
転調をください　声をください
そのこえが　それになる
そらをください

あげるといってみてくれたまへ　よ
そら！

風

南から北へ部屋中を吹き抜けわたる風。
波みたいね、そういうの待っていたの！
少女は八歳。　ここは田舎の祖母の家。

麦わら帽子のゴム紐がきつい。
井戸水で冷やしたすいかはまるごと一箇がどかんと出て
くる。　茅葺きの屋根は深く、　たとえ午後であっても
部屋の隅は濃い。
麦茶に砂糖とぶっかき氷を入れたのは、　あっという間に
ぬるくなり　薬罐いっぱい。
お祭りが始まるの。
素麺の具は甘く煮た乾椎茸。

黒胡麻をまぶしたおにぎりがすごく大きい。
遊び疲れてうたた寝していると、どこからか響く太鼓。
台所の出入口の横には背丈ほどの二本の雄雌山椒の木。

ひぐらしのかなかなかなに包まれる。
五右衛門風呂の熱い湯が、　日焼けした肌に痛い。
大人たちの行動を規制する叱る声の低さ。
みどり色の蚊帳のぼおっとかすむ外界に、どこからか
たなびく蚊取線香の煙り。

起きてすぐ行く畑のつややかな野菜のもぎとり、　籠が重
たい。　鎮守の杜のおおきなおおきな木の下に、ぽつんと
汚れた石仏ひとつ。
毎日が確かな夏の日々、
やがて黄金に染まる山の端。

あれからずーと風の波を、　耳を大きく全開にして感じて
いるの。　緑内障の目は視力がおち文字が
よく読み取れないのだけれど、　伝えなくちゃ。

届ける人たちへ記憶の風をせっせと運んで行くの。

永代橋から

橋を渡ってまた渡り　下町へ入る
こっちへくるとどうしてか目線がすっと下を向く
玄関　路地　駐車場　あっちゃこっちゃの植物の名前
よく分からない
〈雑草〉なんて草花はある訳ないでしょ　それぞれに
ちゃんと名前がついている
知っていることを役に立て　昔の人は雑草を〈ハーブ〉
と呼んで　お茶で飲み乾燥させて風呂に入れ

歩くばかりの中年女　背負い袋にズックをはいて
「あ　包まなくていいのいいの」
手作りパンの宮本屋　朝六時より開店でコロッケパンと
カレーパン　食べながら歩き始めて
知った人に会わなければいいなあ　知らない人には
ただの景色　立ち食い女と雑草似たようなもん
川の横の老人ホーム　最低十年この区で暮らし納税した
年寄りは　優先入居の優遇アリで
いずれここに入れてもらおう　男女共生
やさしい男が隣りで愛をささやくはずだ
〈いずれ〉と〈はずだ〉がセットになって
これから先の区切りをつける

虫がつくというあの虫はなんで新芽を好むのか　虫が好
くという　この虫をなんで男は分からんかい
今　ここで必要なものは素手でとるしかすべはない
としても橋を渡ってこっちへくるとなぜに視線が下を向
く

＊「世の中に雑草という名の植物はない」は生物学者であった昭和天皇のお言葉。

Autumn =そして秋

色から入り色に出て……

さっきまでの少女が
母親とそっくりの女になって
入口とこれまたそっくりの出口から出てくる

あっという間の落下があって
捨てられた男たちが猟犬を連れて　仕事をしに山へと
出かけていく　眼は　射て殺す動物たちと同じ色で
唇にひきつれた傷があるが　訳を聞くひまもない

こちらなぞ見ていなかった
いつまでだってこの街にとどまっていたいから
路地から路地を手をとりあって歩いた
昨日までの息子には貢ぐばかり

散文に韻文が交っている

色は混じるとどんどん暗くなるのだが
光りは
混ぜ合わせるととどのつまり白色へと変わっていく

「真実というものはすべて　二律背反の濃い塊り」*

こちらから見ると少女　あちらから見ると母
女は屈折から屈折へ　切字をして
色と光りのあわいの輪郭を
その日の天候をにらんで勝負する一発屋だ

やりくりをして
日がおちてしまったら　暗闇のなかで
考えていることと行動の不一致の
その睦言さえ　聴くことができない
ましてやすがたは

そばにいて目を離さないと誓う男の孤独やいかん

＊色川武大のエッセイより引用。

人形町へ

川のそばの踏み潰されたこの道は　かつて
ブルドーザーになってよく働き
行来した男たちの汗と銭のたまもの
そのうしろをとぼとぼよそ見しながら歩く　私は
ひろい上手のもらい下手
生活の糧を女乞食になってめぐんでもらう
捨てられてあった釘一本　それを要にちょいと
そこいらの糸
古い糸をよって織りまだらまだらの糸模様は袋となるか
この名のない袋に何を入れるのでしょう　仕事は盗め！
と祖母の低音が　がしかし　盗人にはなるまいなあ
天の恵みはみなにあるからオマエも生きていけるだろう
涙はしょっぱい　慈雨は冷たい
出遅れたおんなのもらい仕事は便所そうじ
汚くつらくてやりきれない
犯罪のうしろに女あり　と系図を描けばばらばらと
出てくるわ出てくるわ子供たち　危な絵に煽情されて
その気になれば　喰わせていく　のも　訳のない
闇夜の晩の橋のたもと　一滴でも酒があれば酔える者
痴れて人生　くり越しす
火事と喧嘩はつきものでやくざは心の有様で職業にした
らささくれる　ふところとかいな
を結ぶその道（未知）は方向読めずによれよれと
ひととかたちは　肉離れ　人はかたちにはやくなれ
往還の路上にあって恋唄を汗をかきかき　よく歌え
文を書き書きよく狂え

マンピーのGスポット

木箱でゆれる豆腐は関東モンよりやや大きい
木箱は先代が京都に発注したモンで　銅の色も沈み

おまけに底が　二回抜けた
今　そこにある一丁の豆腐
あれは名のないあなた――男のたましいのよりあつまり
――と私の合体だ
お風呂と思えばいいんじゃない
ゆらゆらとたましいがよるべもなくただよっている
過分な口福が一瞬のしあわせをもたらすというのは錯覚
過激に辛い薬味をたっぷり使う習慣は不幸こそが生きる
バネになるという
先代の確たる信条のあらわれで家訓である
そこに箸がいっせいに入ると見る間もなく豆腐はくずれ
剣と剣で殺しあう中世ローマの貴族の楽しむショーの
たたかい　叔母と祖母と義姉と姑は
だから温めた添のふたつきのヤツで出してちょうだいと
いったのに　と私を責めるが　えーい
うるさいうるさい
この私こそがこの豆腐屋のあるじで
握るべき一物を握り　出すべき万端を整え
馬鹿な男こそかわいいと身を以って知りつつ

賢い男を好み
晩酌なしには夕ごはんを食べた気がしない長ちりの酒飲
みの夫を　許さないという
多少自己矛盾にみちた働きモンである
底にあたる　は下品である　箸をつっこむなよ
けれどつっこんでみないとありかが分からない
四角い豆腐の美しさこそが　あの表面の照り輝きこそが
おっとり水中に浮かび　出番を待つ番台の
この手で死体をつかみ引き上げる　黒髪の美女の朱の唇
ふっくらした乳房
チチを出せ　チチを　と絶叫して唄う桑田の
そのチチとはいったいどのチチなのだ！
足し算も引き算も割算も掛算もしてみたが
まるで答えの出ないアホな男
出ていっては時々ひっそりと帰ってくる泥棒猫を
飼っているこの私
とっておきの笑顔とその指とに
だまされている
朝方　殺してやる殺してやると包丁を　握れば

逃げていく豆腐を　午後には商品として売りに出す

＊タイトルの「マンピーのＧスポット」は桑田佳祐の同名の作品より借用。

外出

夢を見ている。
三十歳の私は赤ん坊を二人抱えて、その赤ん坊を育てながら一人で働いている。
働いても働いても赤ん坊はいっこうに大きくならず、
その割にはよく飲み喰いし、
そのためにまたもや働くという、忙しいなあ、なりふりかまわずひどく忙しいな
と溜息をつくところで眼が醒めた。
夢の内で人生をやり直しているのに、あくせくしていることは変わらず、そこのところがいかにも自分らしく
何度人生をやり直しても

せこせこと働き働くことでいささか喜びを感じ、あんたとっこ牛！　とやっぱりいわれるのだ。
男にも愛され方がちがう、とぎくしゃくしてしまう。
さしのべられた手を引いて　こちらから引き戻すと
その手が倍数になって増え続けるではないか。
ありがとうありがとう、ここから始まって少々複雑ではあるがこのやりとりを　円滑にするのは、
想いの一念でずっとその現場にいる実感であって
知識も増え続け増え続けた知識が見はらしのいいところへひっぱっていってくれた。
それなのに足元からひっかけられる。
古い物からしか新しい物は生まれない。隣りのあなたは
時空の四百年を軽々と　飛び、
夜中に飛んでは朝さえざえとした笑顔で、
「明日はあと二百年は飛ぶのです」という。
〈知っている〉ことと〈出来ること〉はえらくちがう。
言葉にすれば　たったこれだけのことを
私は赤ん坊の乳に含ませ飲ませるのだが　よく飲み喰い
犬のうんちを出し、二人はちっとも成長しない。

血筋

背中のどこあたりかが痒い　のに
いったいどこが痒いのか　分からない
そのことが歯痒い　手をのばしてみるが　届かない
見よ年老いた猫がうまい具合に身体を折り曲げ自分を
掻いている

気管のどこかが狭くなりイガイガして
咳ばかり　痰が切れずに出て　呼吸が出来ない眠れない
先に死んだ人をひとりひとり思い出し
宿題をする子になれば
生け花の盛り込みで　ベッドという器は　人の顔だらけ
いったい身体はどこへ行ってしまったのだ

まずここから信じよう
何を喰べたいかだが　その前に何を飲めるだろうか
牛乳で割ったコーヒーリキュールは甘くておいしい
けれど　酔う

イヤやっぱり酔う飲み物はよそう
あの人たちは何を喰べて生きていたのだろう
口はもっぱら　しゃべることばかりで
いちどとして見たことがない　食べ物を口に入れるのを
それこそがお前のうかつさよと母がいい
秘密でそっと握ってくれたおにぎり二個
もう戻ってくるなと外へ追い出されてから
ひょっとして誰もいなくなる雨の日は

イヤあの水は（この水も）やっぱり酔う

この街のどこかで似た人に会う　探してはいるのだが
いまだ　見つからない
後ろ姿を追いかけて　前に廻れば

いったい身体はどこへ行ってしまったのだ

月夜の運動会

夜学ぶ。
定時制の高校が下町にあるのでした。
（女の子が指揮をとるブラスバンド部）
よく晴れた今日は秋の運動会。

大人になってみれば。
天職を知る人は金の換算にこだわらない。
（あの子はまだ知っていないかな）

いい天気でよかった。
缶ビール飲みながらベランダで
すみからすみまで眼に入る運動場を眺めている。
上にはどこまでもうすい昼の月
（あすこにいるよ　お皿の兎！）

チンケに敗ける豚もいる　夜目遠目も傘の内
死んだふりして生きながら　引きこんでコイ
ウンとツキ！
強いことはいいことよ　弱虫に声かかり

Winter＝やがて冬

風水

いつからかどこからか吹いてくる風に
水が混じっている
それはわたくしの心　内部のことである
〈湿度〉ではない
いつの頃からか　そこは乾いており
生きていくうちに沈んでいった
〈乾燥〉を急いだのでも好んだのでもない

いつからかどこからか　あたり前の様子でくる人
くる人に　唇の水を含んであげられるか

わたくしの水はしかし〈湿度〉ではない
わたくしの水は一滴一滴　確かな水であって
塩辛いこともある
一粒一粒が軌跡を作る心模様

時間軸ですきなように折りたたんでみると
りぼんが風に揺れるみたいで

いつからかどこからか吹いてくる風に
水が混じっている　水が作る

あっ　それは　水でできたりぼん

気流にうまくのればやがて着地する
どこかのそこがわたくしの雨が求められるところ
どこかのそこがわたくしを与えるところの
唯ひとつの〈場所〉

女なのに男なの

女なのに男なの
骨格なのに肉なの　横なのに垂直なの
年なのに若いの　流れるのに溜るの
点だから線なの

知るので分かるの　あげるのにもらうの
嘘なのに本当なの　後ろなのに前なの
部分だけど全体なの

下品なのに品もあるの　汗なのに涙なの
馬鹿なのに利口なの　甘いのに辛いの
深入りだから仕事なの

したたかなのに無垢なの　遠いのに近いの
道行なのに一人なの　音楽なのに声なの
神話だから続くの
男なのに女なの

ぽとり

この国の神社は村のはずれの西北に位置し
がらんとした前庭には大きく育った〈またたびの木〉
一本
腕を組んだ神官が無言を通して神子に会いに行く足元を
猫が大急ぎで〈またたびの木〉に登っていく

繁った〈またたびの木〉の太い枝ぶりには猫が鈴なり
〈またたび〉の匂いと若葉の味は巫女が神楽を舞う
舞台に供えられた御神酒と同じ
酔っぱらった猫が一匹また一匹とおっこちてくる
大佛次郎のスイッチョ猫とその子供たち　長靴をはいた
鼻高の猫　漱石の名のない猫
百閒の家出猫　あなたの子猫

朝　未明　一陣の風に
酔いが醒めた猫たちが身仕舞に急ぎ
おんなの衣裳　男の服を選び

村へ帰って行くのだ

（こりゃ　しまった　こりゃ　しまった）

昼下がり

琳派風の屏風のその裏側におんながひとり隠れ潜んで
風の音の響きに誘われて落ち葉をふみしめつつ
夢から醒めぬままいったいどこにいるのだろうか
この古い家屋は昔から知っている
「こりゃ出来過ぎだ」と男はつぶやく
染付けの火鉢には炭が熾き　熱燗の李朝酒器から
手に　あの温かさが喉元に流れていき　喉っ節が鳴る
「足袋がゆるくなってしまって……」
膝をくずした着物のその先の白い生物は　沼地に浮かぶ

水草
誘われて拒めない狂気が　宿っている
黒い猫が一匹ぬっと入ってきた
夕方吹く　うすら寒い土埃に足元ぐらり
首のマフラーをもう一重きつく巻きつける
どれほどここにいたのか
欅の大樹の下　墓場まではひとまたぎ

冬眠

私が愛した男が死んだ。(冬だった。)

――大男だったので一緒に歩くとこちらはスキップになってしまう　掌が大きいので尻がすっぽり隠れてしまう　一緒に風呂に入ると膝の上にのる　どんどん熱い湯を足して幸せは熱い幸せは熱いと唄う　二人でゆで上ったらどうしよう　食欲はきりもなく鮭を丸ごとむしった　その太い腕に抱かれて深く眠った　あまり眠りが深いのでそのまま目が醒めない日がある　動物の眠りは死　こういう風に抱かれて死ぬのならいいや　老いた肉体はたるんであちこち病んでいた　熊だったので狩りに出た　喰べる物を運んでくるのが彼の仕事であった　そのために疲れていた　いつの日か湯船につかったかっこうで越冬する予感におののいて悲しい　朝方山の稜線のあたりで遠吠えが聴える　生きていけない生きていけないと声がする　欲望の率直とそれ以外がかみ合わない　種がちがうので子供ができない　それでも一人の雄とずっと性交し続けることそれが愛であった　都会は山野であり山野は無惨なまで自然の法則であった　塩をなめて歩いた　なめると涙が出た　熊の見る夢の内へ入っていきたかった

私を愛してくれた大男。生物が死んだ。
冬であった。

感度

人差し指がとんとんとんとんとん　それが合図だ。
桜前線が北上をはじめ
蜜を取って蜂を追う一家も動いて行く。
いっせいに花開くという訳にはいかず
やはりいまだ身体の地図は凍えている。

寒さはやっぱり入れないことだ。
脳がシャーベット状態のまま溶けては固まり
回路の発信がうまく廻らない。
背骨のあたりその辺が山越えだが
血脈が細くモールス信号が届かない。

ハンターの合図で猟犬がポイントの姿勢になる。
鳴声で興奮が伝わってくる
生きるために食べ喰べるために狩る
皮膚の下は肉　肉の下は骨　代謝のための貯蔵

痩せた土地の毛穴の呼吸からわずかな熱度
空が斜めに落ちて足元がすべって行く。

どこかよそ　人間らしく暮らしていけるところ
口が別の使い方のできるところ　そこまで歩くのだ

あなたが身体を指さして〈欲しい〉という
わき腹を直撃する風　言葉がまとめて吹きとばされる。
白くこんもり乳房のかっこうの山
あれが雪なら　消えてドロになる
――そんなことを誰かがいっていた。

Spring＝再び巡る

どこか南……

もし人生がやり直せたら　と意気地なく
考えている五十歳は　なんというはんぱ
終戦の八月十五日には　まだうまれてなくて
アメリカ帰りの母は国籍の二重のひとつを
日本に移し　言葉少なくどもりであって
あれが絶望だとしても　五十二歳で
窓から飛び降りた　その後
その娘と五歳年下のその息子は
負けたんじゃないか　人生に（きっとそうだ）
そう口に出してはいけないから　そう口に出さなかった
けれど　相手がそう思っているとしたら
そう分かってほしくないと　並んで坐っていたのだった

人生がやり直せるなんて
あの時の母を連れて　どこか南の島

朝になると庭先の竿の先の鈴がいっせいに
鳴り出し（りりりんりんりん）
とても眠ってなどいられず　目をこすって
飛び出してみれば
庭先のその先の海で　かかった魚たちが
ゆらしている　その鈴の音だと（りりりん）
食べる分しかとっちゃいけませんよ　子供たち
おかあ様　あなたにそう伝えたかった
こてこて中古のオープンカーをぶっとばしてシャワーの
雨のなかを　ドライブしたあと　シーツにくるまって
あつい陽ざしを受け　焼くバーベキューの
その肉片が　あなたの血となり汗となり
くるまって　ふたり笑い声ばかりの
どのレベルでも幸せ以外のなにものでもない純愛の
ひととき　そのあげくにうまれてきた子
なんかでない五十歳のなんという
はんぱ！　せめてそのくらい（どのくらい？）
生の味を肉体に刻んでのあの世だったら
あなたとそっくりの男が一人

思い出せることを咀嚼しながらこの世で
まだ生きているという（だめだめ）
なんという楽天的な無防備

どこかどこか南の島
ぽろっと出た片側の乳房
近づいていびつさを指摘するなら
離れていたまま仕事だけを見ていてよ
ざらついた熱気を舌でなめてくるものたち
生きてする点のひとつばかりの
小さなことがあまりに小さいので
確信犯になってしまった戦後でしょう
これじゃ犯人ばかりじゃありませんか！
探偵ごっこにあけくれる自殺した母を待つ
娘は下半身を男にして　株を買いまくる
豊かであることの根拠は博打に勝つことだ！
ひとつでも敗けを知れば失ったものの
地図を書き始めるにちがいないから

船上で天空を見上げると赤道近く
あまりの星の輝きに（左指にひとつくっつけて）
改めて朝がくればあれらは決してまたたかないことを
覚えていない
磁石はなぜ北をさすの？（どうして？）
今だけがやり直しのチャンスだ
ここをくぐりぬけ　島々を渡るが
背丈が合わなくなっている
はんぱ！　ぶれ！　この子らはなかなか大人にならない
放っておくと肥満していくばかりだ
だから毒を　平和とそっくりの味の毒を
保険を解約しては通販でとりよせる

お台場

逆光で姿がよく見えないところへ　ぬっと
天秤棒をかついだ男があらわれた
瑪瑙　縞がかかって　珊瑚虹色

琥珀　樹林森林の匂い　真珠――ヴィーナス
羽根飾りの端が溶けてしまいそう

沈んだ海上都市の書物は水びたし
文字がにじんでよく読むことができない
何も音が聴こえない　そこいらにある物が
ゆれて踊っている

天秤棒がぱあっと股をわり　宝石でなく
極彩色の魚たちが路面に散った
ダンス！　ダンス！　ダンス！　息がつけない

それにしても　どうやって料理するのだろう
伯爵家専属のコックはモロッコわたりの
双子の黒人

ぬめっとした能面顔の女　羽衣の裳裾を
舞い舞い横切っていく

水中の迷宮――
哺乳類の動物たちが呼吸しにいっせいに水面
に顔をつき出す

椰子の実

海からわたってくるものたち　名前がなかった
誰が託したのか分からないが　確かに受けとる人
があるだろうと
密かに信じて投げ入れたもの
あれは恋文にそっくりなのに鍵のかたちをしている
合わないと開かない扉

夜明け　たつきのために海岸をひと廻りする
老婆が唖の赤子をひろった
（女の子が欲しかったのよ）
遠くからやってくるものは断固として
ひろわなければならない

（血がとだえる）
しゃべれない女の子は感じる受信機であって
やがて視ることが仕事となるだろう

初潮のころ　いくつもの台風が襲い
舟で出ていった男たちは誰一人戻ってこなかった
それで少女は男の子になる決心をし
ふさふさとした豊かな金色の髪をばっさりと切った
腰の紐にとがる武器をぶらさげ
いざという時は殺してやる　決着のつく戦いの方法
殺したもの　で育っていくのがここの人たちの
なりわいの方法であって　だから肉片の後
に残ったわずかな骨を紙として使ったのだ
そのしるしが読みとれない
――はやく男にはやく男にならなくちゃ――

単性植物のこの一族はやがてすぐに
滅びるのであるが
――はやく男にはやく男にならなくちゃ――

あれが血族　あれが身内
実だけあって交合するもののない　花だけあって
木のない　香りにみちあふれた
たましいだけの場所

「蝶々が一匹　よれよれと渡って行く」

手花

親指のつけ根は手羽だった　むっちりとついた肉に
うすら赤土色の　血管がはしる
それぞれの指がそれぞれ独立した　性器であった
だからおかしいほどの爪のかたち
女は花であった　ちょうど花の具合で
頭が根　花弁が顔で　確かに植物である
だから花屋へ届ける花を選ぶ　山野で咲く花の木を
切ってくる　男の好み

はまず見ることで　分かることにすみやかに反応し職人
の技でもあった
そういう手によって花は運ばれ置かれる場所へ
たどりつくのであった
もっともあまりに地場を離れた植物は水が合わないと
生きていけない
それで運ぶところが限定される　これは男の自分を
活かす方便で　生きる糧であった
手の扱いは官能の充ちる仕事であり生活ではあるが
ロマンスではない
花は咲くことが前提でも　やがて枯れる
そのことをよく働く手は知っており　それゆえ男の手は
不幸でもあった
距離と時間のスピードが一致しない

時々男の手がふるえるのは次々選び運ぶ花たちが決して
自分の物などでなく
所有格の欠如がいちばん柔らかく痛いところへケリを
入れるからだ　もてあましていた

肉厚の手は　感応し花を見たら放っておけないのに
そのことが　自分の人生を結ばない

添寝と花がいう
心中と殺人にどれほどのちがいがあるのか
しみとみまがうほくろがひとつあり　いや北斗七星を
つらぬく　かっこうであり
この手にやっつけられるなら死んでも忘れないだろうと
私はひっそりと思っている

少女

九歳から十二歳まで少女は完璧な少女であった。
何も知らず何事も起こらなかったが、起こるまでもなく
起こること　を知っていた。
即ち感じることにおいて！
感じることで全能であった。
世界は円型でどこもいびつでなく至福のさざなみが

よせて返した。
おぼろ　春の夜中、その日の仕舞湯に浸っていた。
水をじゃんじゃん足しどこかでそれが循環し、しばらく
待つと熱い湯になる。
じっくり煮ると鍋のなかの肉片が骨からぼろっと離れ
浮かんでくる。
身体中の肉片が湯船にぽっかり浮かび湯と一緒に流れて
行ってしまう。
丁子と肉桂の匂いがする。血の匂いも少し。
目線で追うと湯のなかから赤のかたまりが浮かびあがり
表面に広がった。
油膜ではないのに線になって流れていく。

あれが始まった。
知識の断片が食物と一緒に入ってくる。
食べることがひどくまずい。
そして感じることを妨害し始める。
何かがこわれどこかが破れている。

分断されたまま生き延びる。
そうか、大人になるということはこういうことだったの。
世界は突然見知らぬことばかり。
官能とそっくりの生臭い愛はなにか汚い。
あれは美しいってことじゃない
それなのに——

あなたは与えられるでしょう。
与えられることと与えられる人の一致でありますように。
愛することと愛されることが愛する人と愛される人の
一致でありますように。
あなたはまさぐられるでしょう。よるべのない男たちに。
くびれのない胴体を。
悲しみはフィジカルであると。
性愛のあるべき構図を。あなたは与えられるでしょう。
知ることは膨らんで成長するのでしょう。十個の乳房は
十人の男を養う。

透明な球体は世界を閉じこめて完成している。

あすこからすべての人はいったん追い払われて記憶を
喪失し　男は男になり女は女になる。
どのみち　戻ってはいけない。
それで少女たちの母たちは何かそっくりの生物を
まぜこぜにしてしのばせているのです。

洲崎パラダイス

よいよい　そんなものは
くれてやれや　と大旦那衆は鷹揚であって　チャリンと
音がしたが伏せたままでは見るもならず
桃割の鬢のほつれが匂って　ついこの間までぬいあげし
ていた子がね　ほらさ　すくすくのびるは出るところは
丸くなってと　口さがない蓮葉な井戸端のことばに見送
られて
おいしいもんは路地のむこう　大人の行くところ　隅田
川を越えてしまえば色町もかたちから入ってこころを
とり戻すという

門前仲町の表通りを斜めに三毛猫がお座りしている小道
をむかえば　湯上がりの手拭がかかったどこぞの二階屋
のそのあたり
三味線のつまびきに小唄のこえはおさらいのふりして
付け文を読む姉さんたちのたわむれで
昨日の町に少女がいた
男さんがわたくし探しているって　あれは嘘だって　い
やな男は　いやな人だものね　こっちが探してつきとめ
られたら逃げられなくするのよ　だいたいがして男は女
に合わせられるけれど
女にはとっておきの男が一人だけはいるの

午後の陽がのびて電信柱が長い影を作るころ売残りのか
どの欠けた豆腐とお揚げを抱いた急ぎ足を追い越して暮
らしの作法を卒業した娘たちがぞろぞろ　酔いと会話のた
まり場へ　入門していく　あすこにはもう戻れませんも
のね　人がたまって沸騰した熱気の明日は　もののけの
ついた仕事を職業にしようとした先ばしりの人たちの
あつまるところだった

町の原型がほら
しばらくたって柳のかわりに染井吉野が川のほとりに植えられ　満開の時は灯籠が点って　満潮のときはくるぶしまでぬれて

（『深川』二〇〇六年思潮社刊）

未刊詩篇

暗示

この年の十月は雷が鳴ったのだ　神無月といい
目に見ることかなわず　感じることでしか届いてこない
〈神〉と呼ばれる意志たちは出雲に出かけてしまう
それで神不在の神無の月というが　昔からこの月は
雷が鳴らない月なので人たちは神無月とたとえた

朝方体温が下がるといったん目が覚め　そこからまた
眠りに入る
夢の様式をもって身体を置いたまま知らない異国へ
旅をする
朝方は重力が地球よりずっと軽い初めての場所へ――
飛ぶように歩ける　階段をかけ上れば　丸いドーム
ここでは詩の言葉が楽譜で書かれてあって
音声として壁一面に保存してあるのだ

おんりょがくおんりょがく　おんりょがくがくだんだん
音（旅）楽
やわらかく匂う風は盗人であり　命令であり伝わるもの
時間とはこの風であり空間の所在はマクロでありミクロ
ひとつが全部であり　総体が部分でもある

眠りから届く夢は　さなぎに戻って動かなくなった
死体の映像
毎晩私の肩に小さな髭つきの顔をのせてくっつきあって
寝ていた　猫はお腹がすくと
愛人である私のほほとまつげをざらざらした舌でなめて
早く起きてちょうだいよ！　と言葉に換わる合図を出す
二十年を過ぎたある日から　その寝床でついでに
うんちをする　もう自分専用のトイレが分からない
お風呂場の前のマットでおしっこするんだよ

生物の最後はすべからく餓死だ
食べる気力がなくなると死ぬる

思考の意識が途絶えると生命は消滅する
考えられなくなれば残った無意識がここへ身体を置いた
まま　旅立つことを伝えてくれる

苦しまないように

私たちはもう言葉を使わない
私たちと他者との交信は感じあうことなので　ここから
たましいは直接話法の練習を開始するのだ

春の季節は蜂が言語のレッスンに励んでいる
白　桃　黄　青　色彩の生殖作用に促されて　雌雄は
繁殖の生産に忙しい
宇宙は混沌とした春だ

秋は発酵が起きる
したたる汁をオークに入れて寝かせ　時間に預けて
しまえば
過去の姿はすっかりなくなり　酔う水に変成していく

冬は陰陽である
この暗号である二進法があればこそパソコンの通信形態
が成立した
冬はマトリックス
やがてくる次の氷河期にたましいが死滅しないように
小さく生きる信仰を授ける授業は実にさりげなく
もうスタートした

火であり土であり記憶である
火山であり土地であり領土で民族であり　言語がある

光合成であり交合であり世代交代がある

語りつがれる神話は本質のみを露呈しており
解釈に余念がないが
バリアーがかかっており　地域限定の産出物となる
かたちが見えても姿がない

進化と退行はゆっくりとくり返されて
直感で引き出される　直感は別の箱に納められた

身体を置いて朝方知る夢からの帰還
もう戻ってこない後に伝えられるであろう
欠落している情報を
どのようにして伝言すればよいのか
詩人としてとどまってこの世にいるのはその伝言の
作法の学びの承け方
誕生の春だ　宇宙は

（「スタンザ」五号、二〇一四年二月）

秋に吹く風

秋はたましいの色をした風が吹く
朝夕は寒く　太陽が昇ると陽射しが強くなり
果実が熟れるために
ふくらんでころころと転がり

遅穫りの桃をあなたの口へ運ぶ
たましいの風が吹きすぎて行く

あなたの猫は待機の姿態で風に身をゆだねて
濡れた鼻でたましいの味わいを知る
あなただって分るさ！　見えなくとも

猫の桃は所有格を分けあった人への届け物
蝉のぬけがらをくわえてきた君をお利口ちゃんと
なでてくれた
もうこの時間空間を出て行ってしまった主よ

よく働いて信じた仕事にいそしんだ母なる人よ
偶然は導き

どの猫も偶然の計量にのって小さな姿を現しその生命と
暮らしを託するのだが

どうして知っていたのだろう
あなたしかいなかったと
猫は出会いのために誕生してやわらかなしなやかな身体
とそれを包む体毛があって
よく聴く耳と返事のかわりの尻尾を持ち
二十年で百歳を生きる

秋は迷子にならない
君が身もだえした発情期の子は死産であったと
我が人生に引き受ける行為は「書く」ことであった
たましいの風がまだここにあって
見守り見届け反復する作業に励むのは読むことを知る人
たち

果実も穀物も刈り取りされて生きているゆるやかな証し
を貢ぐのは
吹く風に流されて葉を降ろす仕事をする
からなのかしら？
裸を思わずあらわにする木々たちもいて

生命の世代交代の循環には目をこらしてね
若さは秘密　まだ名づけられていない
未知なるものたちよ
現われて初めて見る姿の記憶よ

あなたの老いた猫とまだこちら側にいて風の軌跡を追う
たましいの色――光のプリズムに翻弄されるとしても

＊二〇一四年八月三十日に逝去されました『ミーのいない朝』の著者稲葉真弓さんへのオマージュとしてこの詩を書きました。

（「スタンザ」七号、二〇一四年十月）

探し物

私の貝がらに耳をあてれば――海の響きの聴える白い貝
音の残響と言葉に通訳してくれる背景の自然の
大きな和合

手の内にしたたる水からの届き物
それなのに嵐がくるその日はこなごなにくだけて破片に
飛び散ってしまう

身体の骨格であった骨はむき出しになり一度は土に還る
という終わりを
始まりにして生きる

誕生は破片の再生　偶然の通路を回路にするという
その道筋を父も母も知ることができない
なのでこの物語をくり返す

美しい数式には左右の総体の和

海の塩を甘いと感じサトウキビの糖分を苦いと感じる
肉体の対応

拾うと捨てるともらうのは知恵の力学

人生は辻褄が合わない

悲しみの感度が慈悲の姿であって

だから破片をつなげる作業をする生物たちをこの海が
ほとんどの惑星に配置した

これがみどり色した神業

（「スタンザ」八号、二〇一五年二月）

雄性先熟

海の水はなぜ塩辛いのでしょう
海の水はなぜ塩分を含むのでしょう
誰が教え伝えてくれるのでしょう
三歳の夏の海辺で転んで飲み込んだ海水
塩なしに生物は生きられない

だから生命の誕生の秘密は　光るみどりの
よせては返す満潮引き潮のあすこ
にあるはずでプランクトンから順番に生きる糧を喰べる
循環の様子
はまるで情欲の生命の連鎖で

その連鎖の生ぐさい物語は竜宮城のはなしとさりげなく
書きかえて
解読の鍵を知っていた人類はこれを封印
検証すれば分るじゃないかと

海で泳ぐ魚はまばたきしない眼を持ち　閉じること
寝床で眠ることをしない

ある種の魚や海老は雄性先熟《ゆうせいせんじゅく》と説明されるように
まず雄で生まれ男で育ち
どうやらそれは欲情からくる食欲を前に
食べられることの拒否のようで
やがて五年すぎると次世代の子作りのために雌へと

からだの機能を変える
雄と雌の交合は生命誕生のドラマを創った主の大好きな
いたずらのようで
ひとりだけではバトンタッチのスイッチが入らない

海の内では雄から雌へと変貌の時期を〈間性〉といい
男でも女でもない時間を経過する　人にとって
食するにはこの〈間性〉の時期が一番美味しいと
そんな海老に塩をふって食べるおとこ
好いておぼれたものに好かれない
衣・住を捨てたつもりが食べることで生きる。

（「スタンザ」九号、二〇一五年六月）

くっつき虫

今日の仕事はこれでおしまい
歩いて香典を届けた　あの人に。

お母さんの癌に抗ガン剤がすでに効かず　せめても痛み
を緩和して欲しいのが最後の
願いであったのだが　一人暮しのお母さんに　猫を
お母さんは初めて猫と暮らすことに
もう　おはよう！　と電話する人がいない　もう二度と
話せないのね
三・一一の時に田舎のお墓はくずれ落ち
お家のブロックの塀もくずれてしまい

陰陽師　安倍晴明は平安時代を生きた実在の人物である
陰陽寮の役人として抜擢されて〈六壬式《ろくじんちょく》〉を用いて
さまざまな占いや祭祀を行った
が五十歳代以降の記録しか残されておらず　その能力を
どのように身につけたか？
は謎のままであり　それ故小説家の想像力を
刺激するのか　小説として現代に甦った
〈今昔物語〉や〈古今著聞集〉〈宇治拾遺物語〉といった
説話集に超人的活躍が記され
伝説では白狐の母と人間の父との間に生まれたとされ

古浄瑠璃で演じられているが
このような霊孤との異類婚譚は正史にはあがってこない
〈八犬伝〉も犬と人の子供
なぜか？　幕末から明治にかけて新興宗教が流布される
がその金光教や大本教は金神を
救世神としそれは国家の欧米化への反動の庶民の実感の
力であったやも知れないが
見えない未来を見たい　知り得ない天地の運行の秘密を
知りたいという人の想いがある
二十一世紀の今日も人の死の理由と寿命
死んでどうなるかを教えてくれる真実はない
遺伝子コードを読み明かし物質の何たるかの本質も依然
として解明されないまんま
この世にあってもろもろの災いを避け　現世利益を望む
のは人の心の常であるけれども
ツキがあるとかツキがないとか　運が良いとか運が悪い
とか漠然としていいつのり
縁が結んでいく人の動きの生産性は進行中の過程には
全体というより部分しか語れない

目には見えない　五感では感じ得ない六感が強くなる刻
があり信じるのか信じないのか
こうした幻想のバリエーションのその先にあの世という
宇宙の神があるとして

今日の言葉はこれでおしまい
くっつき虫がくっついたまま離れようとしない。

（「スタンザ」十号、二〇一五年十月）

越境豚ちゃん

君ちゃん家の豚ちゃんは　小さく生んで大きく育てろの
通り
一寸法師や親指姫のように小さくて　どうなるかしら
の心配をよそにすくすく育った
猫の母親は眼が開くまでの仔猫のお尻をなめてうんちも
おしっこもきれいにする

上の口と下の口は恐れることない働きをして
豚ちゃんもおしめを附けて歩けるようになり　うんちも
おしっこも出しぱなしであった

それがどうだ！　見る物いちいち口に入れて
食べられるかどうか確めている
確めては言葉という見えない共通意思表示に組み込んで
いるお利口さんなのであった

好き嫌いが出てきて　やっぱり心地良いことは好きで
イヤなことはしたくなくて嫌い

そのうち　出しぱなしのうんちもおしっこも自力で
トイレに行けるようになり　おしめは
いらなくなり　転んでは泣き起きては笑い

あの姿は君ちゃん家のじいちゃんやばあちゃんに
そっくりなのはなぜ？

人は生まれた様子へと逆行して死ぬのかな？
じいちゃんもばあちゃんも裸でまぐあい子作りしたのを
すっかり忘れて　どなた様でしたか
ね　なんて他人行儀なことといいあって

知ることは身をもって理解することなんです
と昔聞いたけど　知ったことを忘れるのはもう必要ない
からでどんどんなくなってもいいんじゃないかしら

ボケといわれても

そういえば豚ちゃん　髪にりぼんつけて　スニーカーに
半ズボンはいて
豚ちゃん　あなたなんですが　人なんでしょうか？
男の子かしら
女の子なのかしら

（「スタンザ」十一号、二〇一六年二月）

散文

深川日誌

平成二十年

四月某日

人文書院発刊の全集第十二巻目の最後を見ることなく、尊敬する吉野裕子先生が九十一歳でお亡くなりになる。

子育ての手が離れてそれでは日本舞踊を習ってみようか、とされた吉野さんはここで扇の不思議に気づかれ、開いては使い閉じては持つ扇を学問として研究なさったのである。

「学問」とはリンボウ先生こと林望さんによると研究史と注釈というふたつをきわめて、これを物をとらえる時の普遍的方法とすることなのだそーだ。

であるからと林望さんは続ける。「物知り」になるだけではつまらない。

知識というのはすぐれて個別的なもので、方法はすべからく普遍的なものであると。

よって知性とはこの普遍的方法を身につけることなのだそーだ。

どんどん書いてしまうと、いい先生とは「方法」を教えてくれる人であって、「知識」を伝授してくれる人のことではない。そうするとたいてい良い研究者こそが良い教育者ということになる。教育するとはそう考えると本質的な不能率さがあるのね。

つまり鑑賞できて解釈できる、そうした筋道を実践的にひとつの分野で獲得するということなのだそーだ。

五十歳過ぎてから民俗学の道に入ることになる吉野先生はつまりですね、不思議発見！　を普遍的方法をもって知性とした人なのですね。

私思うに五十歳になったから突然天から降ってきて知性が身についた訳ではないでしょうからね、日々の生活を通じて小さな発見を保留にしない、知識をただ知識として置きっぱなしにしないことを知ってらした方なのであろうとそう思える。

伊勢神宮の事を書いてこれを設計施工した人たちは陰陽五行と易経をよく知りと、推測推理していく一冊はまるで推理小説を読むようにドキドキわくわくする。

四月某日

松下電器ギャラリーへ。「ルオーとマティス展」を見る。

数日後渋谷東急文化村「ルノワール&ルノワール展」を見る。

ルノワール親子の仕事は〈生きる喜び〉にあって息子は父から受け与えられた影響を一生かかって考えて〈映画にした〉とキャプションがあり、山田宏一さん責任編集の「ユリイカ」総特集号「ジャン・ルノワール」はどの頁から読んでもめちゃおもしろい。

そのなかでの中条省平さんの「フレンチ・カンカン」に触れた一文引用。

「これこそルノワール芸術の理解のキーワードではないか。男(作品を産み出す芸術家)の意志や意図なんてどうでもいい。女(産み出された芸術作品)の満足度や完成度なんてものもどうでもいい。大事なのは観客の欲望と歓喜なのだ。このセックスと芸術がごたまぜになった屁理屈こそ、すべてを呑みこむルノワールの巨大さを遺憾なく表現するものではないだろうか」

これは息子の映画監督のルノワールのこと。

その監督の息子さんが画家である父のいったことを伝える。

「女性ってのは、あんなにすばらしいおっぱいやお尻がある。おまけに男を幸福にするすばらしい術を心得ている。それ以上に頭脳を持とうと思うのはぜいたくだ」

これ、粟津則雄さんの翻訳で読んだ「わが父ルノワール」に書いてあった。偏見と感じさせないところがすごいです。

八月某日

ナンシー・メイヤーズという映画監督を「恋愛適齢期」を見て大好きになり、この監督の作品ならと「ホリディ」を見て、ジャック・ブラックとジュード・ロウを見つける。

ジャック・ブラックはハンフリー・ボガート主演の「マルタの鷹」のあの時代の匂いのする映画の帽子をか

ぶったでっぷりした（脇役に徹した俳優のように）達者な一筋縄ではいかない悪い人の役をやって欲しい。やって欲しいのはそんな役。ジュード・ロウは「ホリディ」でキャメロン・ディアスと恋におちる役廻りで、すがすがしく音声が美しくいうことのない二枚目。

でジュード・ロウが出演するというただそれだけで「スターリングラード」を見る。このベッドシーンがすごい。居並ぶ毛布一枚のざこ寝の男たちのその一人であるジュード・ロウの所へ夜這いする女の人はズボンに手をつっこみ自分のズボンを脱ぎ両隣りで寝込む男なんぞ無視してやっちゃうのである。ずらっと並んで眠る男たちの一人へ性交しに行くその度胸たるやたいしたモン！

九月某日

あんなに痩せたくて体重計と、もらい物のグラフ表を洗面所に張って、毎日つけていた時はどうだ。まったくする事の努力がむくわれなくてどうしたって痩せなかったのにどうだ。〈逆流性食道炎〉となり十八歳当時の体重にあっという間に戻ってしまった。

胃カメラを飲み、ポリープが見つかり最悪は食道癌と医者にいわれるが、まあそれはないだろうと思う。「粋でモダンでエレガント」を標榜する女がこんなみっともない様子で暮らすとは信じがたい。

原因は？ と医者に訊くと、恐らく何らかのストレスからでしょうかね、といわれる。癪に障るではないか。

ストレスに陥らない逃げ道として酒がありワインこそが友であったはずの毎日で、よって天職の職業と知識が知恵になるはずの生活をしていたはずで、すべからくこの世の人生は勉強と修業である、と思っている者にもこんな病気にかかるのである。

ララが下痢をするとケイ動物病院で上手に飲ませてくださいね、ともらうスポイトで溶かすのとそっくりの薬が出る。

まずくて苦い。ララも食べすぎでよく下痢をする。ララちゃんは環境不適性で恐怖心からくるストレスで食べずにはいられないんですよ。猫の本能でしょうね。食べ物は残しておかないですぐ取り上げてくださいね。

ララにスポイト、次に自分にスポイト。

人には見せたくない生活の内の算段がある。

十一月某日

隣りのマンションに暮す冨田久子さん急死。自死。

十五歳のリリと十四歳のララがうちへ戻ってくる。

あんたたちを育ててくれたお母さんはもうこの世にはいないんだからね！　分った？　メーメーニャーニャーいってもこっちのお母さんは久子さんよりずっときびしいんだよ。甘えたらいいってモンじゃない。猫として自立して生きていきなさいよね、といい聞かす。

が深夜であって眠たそう。グラスに赤ワイン一杯ついでテレビを前にとり出したカマンベールチーズを丸のままかじっていたら、右と左から頂だいコール。そうか、知らなかった。好物なのだ。山口さん！　冨田さんがいなくて一人で二匹をちゃんと育てられるの？　大丈夫ですか？　とケイ動物病院の先生にいわれる。高齢だから好物はすべてあげちゃうのだ。

十二月某日

小平霊園で久子さんの納骨。

よく晴れわたった寒い日でもあった。

四十九日まではすぐであろう。

四十九日の間はまだあの世といわれる所まで行かず霊としてこの世も見えて感じているのだそーな。

以前弔辞で、待っててくれ、俺もじきに追いかけていくからといった人の文章を読んだことがあるが何と剛毅な人物であろう。

うろたえるばかりの毎日なのだ。

昼間はまったく食欲なく、夜はワインばかり。洗濯機が動かなくなり、プリンターも動かなくなりメーカーの人に来てもらう。

久美さんから修理するより新しく購入する方が結果ずっといいかも。機械はすべて進化の最中でお馬鹿な子より賢こい子の方がずっと楽しいように新しい製品の方がずっと楽。といわれる。

何たって機械音痴でごめんなさい、と久美さんにあやまると、すかさず私は方向音痴でと即答。

二週続けての土曜日は久美さんと一緒でパソコンとプ

リンターを動かしてもらい、一人でないのが救われる。

平成二十一年

九月某日

大好きではあるが、ほとんど思い込みと確信で生きている少女の話「小公女」が土曜日の八時から一時間番組としてスタートした。

主人公のセイラを演じるのが志田未来さん。ほっそりとしたあどけない丸顔の少女の魅力。学院の意地悪な院長先生を樋口可南子さん。

舞台は現代の日本である。バーネットの小説ではセイラと共に働く（黒人だったかな？）少女を少年に変えてあり少年であるが故の淡かな恋心もあいまって妙な現実感を感じる。これが大成功なのですね。

脚本を書いた方の名前〈岡田恵和〉を新聞で初めて知るが男の方なのかしら？　それとも女性？

そんなに長くない物語をワンクール三ヶ月でどのように進めて行くのか、とにかく興味津津でワインを持ってTVの前へ毎週座る。

「お姉さま！　お姉さま！」と大騒ぎの院長先生の妹役を斉藤由貴さんが演じ、これが何というか方向が一人だけ違うおもしろさで小説にない重要な役廻りとなっている。

お金持ちの女の子が突然そのお金の出所の父親を失い、ちやほやされる生徒から小間使いになるのはその通りで寝る時も同じ服なのが映像的工夫でよろしいね。

脚本家の苦心でやっぱりそこに落ち着いたのネで現代の日本が舞台となり辻つま合わせの小さな工夫があちこちにあり、その脚本家の手腕がすばらしく毎回ほろほろと泣くのであった。

もちろん屋根裏部屋にはネズミがご飯を欲しくて待っているし。

最後も昔読んだ本の通りセイラは元のお金持ちに戻るのであるが想い出とは程遠い若くてハンサムな青年がこの役廻りを演じてそれはそれでいいのであった。

いつでもどんな境遇でもプリンセスの心を忘れなかったという名文句もちゃんと出番がありで。

いけないいけない、こんなＴＶ番組を見て毎回ほろほろ泣くなんて……と思いつつ終われば脚本家の岡田恵和さんてどんな人なのだろうかとすっかりこの人の力わざに納得させられて乾杯をするのであった。

娘になる前の少女たちは誰も皆、無垢であるが故の思い込みの世界に生きていて、他者との接近がどのように考えや自分の肉体を変えてしまうのか知らない。少女たちは特権的で神秘的でそれというのも感性は両性具有で肉体はやがて女になるからなのだ。

或る日、突然に化けて娘になってしまう。

猫と少女の絵をたくさん描いたバルテュスという画家はきっとその秘密を知っていたのだ。

十月某日

午後文化会館での「蝶々夫人」を見に行く。

この哀しいお話は大嫌いで通算六回か七回か見ているはずが一度としていいと思ったことがなく、それでも見るのはこれがオペラだからで今日は裏番というか、新人がタイトルロールを演じる方の日である。

主演は初めて見る人で文屋小百合さんて方。ところがどっこい！　人生とは油断も隙もあったものではなくこの日文屋小百合さん演じる蝶々夫人にすっかり魅入られてしまいとことん楽しんでしまった。

この人が白いきものを手に当てイヤイヤする動作など自然な様子でありながら優雅であって一事が万事彼女の所作動きは運動神経のいい人のフットワークなので、唄いながら演じるその動き方が確かにきもの姿になじんだ昔の女性のしぐさなのであった。

いわく小林秀雄は文章はリズムで書くといい画家はデッサンの力は努力のたまものであるが色彩は天性の才能といい。美空ひばりもマイケル・ジャクソンも音符は読めないが耳で聴いた絶対音感ははずさなかったといい。

それぞれそれなのです。

身体の動きのやわらかさをオペラで感じたのです。

平成二十二年

十二月某日

瀬戸内海の下島大島の〈二郎さん農園〉からイノシシの肉がたくさん届く。

これはすき焼きにすると滋味である。火を通して時間をかけて焼いていると油が抜けて、そう凍豆腐のようなちょっとしゃきしゃきした歯ごたえになる。

鹿の肉もあったら欲しい、と頼んだら鹿の肉は解体すると皮の下へ虫がたくさんついており地元では射殺したらその場に放置してしまうと教えてもらう。

広島から海を泳いでイノシシが例年より多く上陸して有機栽培のみかんを首の高さの届く限り食べまくって本業のみかん栽培はほぼ全滅であるとも聴く。

農業の収穫は年一回のことで丹誠込めて育てた作物が天災や人災でダメになることは収入につながらないから大変なことだ！　としみじみと思う。

「美味しいみかんを喰べまくったイノシシだから肉は美味しい！」とハンターを兼ねる友人夫婦はいうのだが。

かつてこのご主人からみかんには少しの水しかあげないのだと、そうすると夏の季節に葉をいたずらに繁らせずに甘味な味わいの実をつけるのだそうだ。

おお！　自然界のなんと隠喩に満ちていることか。

ところで植物がしている光合成、藻の類も同じことを海の内でしているのだそうだが、二酸化炭素と水から炭水化物を合成して、酸素を出す反応のことを光合成というのだが、もっと詳しくいうと水を分解する過程で葉緑体に含まれる「タンパク質複合体」がこの作業を一心にしているそう。

この「タンパク質複合体」はマンガン原子四個、カルシウム原子一個、酸素原子五個がゆがんだ椅子のような形に結合しているのだそう。

もし人工的にこの構造を再現できれば、人工で光合成を行うことができる。

つまり太陽の光さえあればクリーンなエネルギーを生み出すことができるのだと。

太陽の光から電気を取り出せる可能性をみつけた日本の大学の先生たち。

原子力なんか使っていた文明は、あれはなんだったじゃい！　という一筋の光が見えてきた。

石炭→石油→原子力→光合成電気と移行していくのだ

ろうか。

一方九州のベンチャー企業が納豆菌を使って水の浄化をする製造販売を始めた。

これ、中国の湖の浄化で実験実証をしたそう。チョウザメやエビの養殖場の水質改善に役立つのではないかと検討中だそう。

納豆菌というのが泣かせるじゃありませんか！

平成二十三年

三月某日
NHKのニュースでは最初、東北関東大震災と報道していた。

後で東日本大震災と統一されたが。

地震と津波の天災とそれによってもたらされた福島原発の人災の三点セットである。

震源地は三陸沖でマグニチュード八・八というすさまじさである。

後でこの震源地は世界で三大地域といわれる海の幸、魚のたくさん棲む所と知る。

三月十一日金曜日の午後のことであった。

数十分後には東北電力女川原発、東京電力福島第一原発、第二原発、日本原子力発電東海第二原発の計十一基が自動停止したそう。

何しろ空前絶後の津波のすごさである。

東京ではすぐ地下鉄が動かなくなり、九段会館の天井崩壊で死者も出たのである。

夕方には初の「原子力緊急事態宣言」も出た。

首都圏ではこの夜、二万人以上の人が帰宅できずに翌朝まで千ちかくの施設に十万人に近い人が帰宅困難者として滞在したという。

会社で一夜を明したという人もメールで知り合いに何人もいたから実際は身動きできなかった人はもっともっと多数になるのだろう。

浦安のかつてチバリーヒルズと売り出された高級住宅地は地面の液状化で下水道が機能せずトイレの水も流せない有様であった。

仙台市若林区も荒浜では二百人以上の遺体となった人

が当日の夕方には発見される。

マヤ歴では二〇一二年で暦が切れている、とか地球においての文明は四度断絶されており、かつての文明の方がずっと高度であったとメールをくれる知人が〈いよいよ始まりました。覚悟をしないといけない状況のスタートです。〉とすかさずメールをくれる。

四月某日

江東区より喘息を区の生活公害の一種と認定して保険の差額を負担するという、つまりタダになるのだが――その医療券が届いた。

これは〈新橋アレルギー・リウマチクリニック〉の主治医の宮本先生のいわばご教示であってここ二回ほどこのままでは死にますよ！　といわれた後に証明書を書いてくださった。

血液のパッチテストをしたらハウスダストに一番反応してダニとかといったフツーの人には目には見えないし影響のないものなのだが私にはあり長毛の猫二匹のその毛が生命にかかわるといわれるほどいけないらしい。

気がつかないうちに口から喉へそして肺へと呼吸しながら取り込んでいるらしい。

そんな訳で掃除機をいつも出しっぱなしにして毛が目につくとスイッチを入れて片づけてしまうのだが……。

中部電力管轄の御前崎市・浜岡原発が何かどうして？という感じで全面停止となる。

とぎれとぎれのあっちこっちからの情報をうまくまとめて理解することができない。

四月某日

ＴＶをつけたらキャンディーズのスーちゃん、田中好子さんの訃報と消え入りそうな肉声のメッセージを聴くことに。数週間前に病室で吹き込んだのだそう。

「前略――私も一生懸命、病気と闘ってきましたが、もしかすると負けてしまうかもしれません。

でもその時は必ず天国で、被災された方のお役に立ちたいと思います。それが私の務めと思っています――後略」

思わず掃除機のスイッチを切って立ったままこのテー

プに聴き入ってしまった。
　スーちゃんのこのメッセージのこのところは無意識に私たちの感じている、けれど立証されていない肉体はこの世の器であってその器は古くなったり病んだりすると滅びるけれども魂はどうやらあの世へ移ってそのまま継続されるらしいことが前提になっているもよう。

「生命の水研究所」の小羽田さんの会社の月報にこの分野の博士である、まつしたかずひろさんの文があります。引用します。

「長崎に原子爆弾が投下された時、爆心地から僅か一・八kmしか離れていない所で被曝した人たちがおります。聖フランシスコ病院の秋月辰一郎博士と病院関係者です。彼らと同じように被曝した人たちが原爆症で生命を落とす中で、この人たちだけは、原爆症にならずに済みました。その理由は、病院関係者は、秋月博士が指導した「玄米と味噌」を食べることを実践したからだといいます。博士は、焼けただれて痛がる人に「水を飲んではいかんぞ」と大声で怒鳴ったそうです。おそらく直感的に、血液の濃度を保ち、血液を水で薄めることなく防御しようとしたのでしょう。（注：戦地で、傷の深い負傷兵に水を飲ませると、直ぐに死んでしまうという記録がある）さらに博士は、次のように職員たちに命令したといいます。「爆弾を受けた人には塩がいい。玄米飯にうんと塩を付けて握るんだ。塩辛い味噌汁を作って毎日食べさせろ。そして、甘いものは避けろ、砂糖は絶対にいかんぞ」（秋月辰一郎著『死の同心円――長崎原爆医師の記録』講談社刊・残念ながら絶版。読みたい人は図書館で）

「放射線宿酔」と呼ばれる症状があります。

レントゲン検査を受けた後に生じることのある全身の倦怠や微熱などの症状には、体験上、生理的食塩水（0.9%の塩水）より少し多めの塩分を含んだ水を飲むと良いことをとっさに思い出し、原爆の放射能から体を防御するには、塩が有効であると推理したのです。「味噌汁の具」は「かぼちゃ」でした。後に「わかめの味噌汁」も多く摂ったらしい。

　砂糖を禁じたのは、砂糖は造血細胞に対する毒素であり、塩のナトリウムイオン（Na^{+}）は造血細胞に活力を与えるという、彼自身の食養医学によってでしょう。すると、どうでしょう。その時、患者の救助に当たったスタッフらに、原爆症の症状が出なかったのです。

普通ならば、次第に原爆症の症状が出て、進行してしまうところなのに、彼らはそれから後、ずっと現実に生き延びているのです。（略）博士の書いた本の英訳版が欧米で出回り、チェルノブイリ原発事故の後、ヨーロッパで日本の「味噌」が飛ぶように売れたことは、日本人にはあまり知られていません」

そうなんですね。日本には昔から発酵食品がたくさんありますものね。この発酵食品がつまりは身体にいいんですね。

これは日本から世界への食事の分野の発信です。アメリカでスミソニアン歴史博物館の殿堂入りをしたというアメリカで一番よく知られている日本人という久司道夫さんのマクロビオティックという料理方法もざっとお勉強いたしました。

マドンナも家族で食べているという料理法です。簡単にいうと全粒穀物、玄米や雑穀やきびなんですが、それに大麦、小麦、オート麦、とうもろこしと野菜。漬け物。豆これはあずきやレンズ豆、ひよこ豆、豆腐にテンペ、納豆などです。それから海草、のり、わかめ、昆布、ひじきなどを食べるのがいいという料理です。肉類はまったく必要ないメニューです。

七月某日

「批評とは人をほめる特殊な技術だ」

これさて誰がいったのでしょう。そうです。小林秀雄です。続けて「批評文としてよく書かれているものは、皆他人への讃辞であって、他人への悪口で文を成したものはない事にはっきり気附く」と。

一方カウンセリングの仕事で一部上場している〈船井総研〉の創始者、船井幸雄さんはその本でもって書きます。

会社が伸びていくための条件は欠点を是正するのではなく、よいところよい人材を伸ばしていくのがいい。

またトップは生命がけであることが必要であると。

欠点を是正していくのではない、というところが響きますよね。

文学の仕事においては作者の一番良いところがその文体に良く表現されていることが読む人の心を打つように組織も同じようにのびのび良いところを発揮できるのが、即ち社風の成長になるということでしょうか。

魅惑されおぼれる作品に出会って初めて批評するという精神が形成されていくんですね。

としたら評論家はご自分が魅惑されおぼれたことの軌跡を冷静をもってえぐりだす人なんですね。そしてそれを書く（＝語る）人であります。

評論といわずとも実は私たちは生活している事件の現場のくり返しがこのことなのですね。

九月某日
石田衣良さんの「逝年」を読む。

男性版コールガール、つまりコールボーイを仕事に選んだ青年の二部作後半篇。

大沢在昌さんがハードボイルドの小説でまるで冒険を恋愛するような手触りで書くとしたら石田衣良さんは恋愛にも結婚にも結実しない性交そのものを冒険することのように書くのだ。

性交は冒険だ！　とこうなる。

その筆運びの明るさとひたむきさ。いや驚いた。

驚いたと続ければジーン・M・アウルという作家の想像力にびっくり。〈地上の旅人〉という題名。

今から三万五千年前の最終氷河期の黒海の近くでネアンデルタール人の一族に救われたクロマニオン人の少女エイラが主人公の全十三巻もあるぶ厚い本。

ネアンデルタール人にはまず言葉がない。

身ぶりで意志の疎通をする。

どうやらジーン・M・アウルは以前日本の新聞にも掲載された小さな囲み記事に触発されてこれを動機としてこの本を書き始めたらしい。

それは一九五〇年代イラク北部のシャダニール遺跡から、およそ六万年前のネアンデルタール人の骨が発掘された記事で、そのうち一体は老人で重傷を負った痕跡が見られるというが、傷を負って食べ物がとれなくなった者も見捨てることなく最後まで一緒に暮らすという思いやりに満ちた精神文化をもっていたのではないかという考古学的推測がなされた。骨の周辺にはアザミ、ノコギリ草、ヤグルマ草などたくさんの花粉が発見され、死者たちに花をたむけた葬送の儀式を持っていたのではないかとされ、高度な精神文化を持っていたと推測されたという。（高度ですよ！）

そこで同じ地域に生きていたクロマニオン人と共存し絶滅したのではなく両人類は混血し遺伝子をのこしたのではないかと推測できるところから物語の骨格はスタートする。

ネアンデルタール人の頭脳の半分は動物なので、この人たちは教育を受けなくても過去の記憶が遺伝子に入っているところなどわくわくする設定で知りたいことはすべて知っているのだ。うちの猫も自力で出産した。教育を受けなくてもいい、とはこのようなことである。

ここに中沢新一さんの〈カイエ・ソバージュ〉に書かれたネアンデルタール人の子供は現生人類の子供より長く一年ほど母親のお腹にいた、それというのも生まれたら早く歩いて外の危険から身を守らねばならなかったから。私たち現生人類は頭脳の回路をとり払って比喩の能力を身につけそこから芸術が始まったという一文を配置するとこの大河小説の細部にわたる巧みな想像力による生活の様子の設定には驚くばかり。

エイラは馬を食べ物から乗り物に変えた最初の人間なのだ。そのことは相当に長く続いた。

西部劇の映画で見る限り乗り物である馬がガソリンで走る車にとって変わってからまだ三百年というところか。いや、うまいのだ。とにかくこの小説。そして面白い。例えば結婚と性交は別のことなのだ。

少女たちは初潮を見ると一人前の女になれたとしベテランの性交の達者な男たちに〈初床の儀〉をしてもらい、このことが快楽を伴うことなのだと知りその後に連れ合いにふさわしい男と暮らすのだし、男の子はこれまたセックスをよく知る年上の女性からツボを伝授してもらうのだ。これは集団で暮らさないと生きていけないいわば社会の制度＝仕組みとなっているという設定。

九月某日

京都〈和久傳〉の竹籠入りのお菓子が届く。

京都のお菓子は中味とそれを入れる器である外の意匠が思想である、といっていいような巧みな洗練を見ることができ、捨てるのにしばし躊躇してしまう。

物がない時代の日本に生きたからと、リボンもきれいな紙も紐もとっておき、空き箱に布を貼っているのはバルテュスの夫人である節子・クロソフスカ・ド・ローラさん。

もっともそのための部屋がひとつあるのであるから、いくら場所がスイスといえスケールが違う。

ディオールやダンヒルやエルメスのリボンをダンボールにのりで貼ってＦａｘ用紙入れにしている。

「書帙」——しょちつといういい方を恥しながら初めて知ったのだが浴衣やきものの端切れで作った書物を入れる袋のことなのだ。もちろん節子夫人の手作り。

バルテュスは漢字辞典を入れて愛用していたとある。

平成二十四年

一月某日

「草野心平の愛した動物たち」を読んでいたら、犬や猫はもとより兜虫やリスや鳩や蛙や鯉や軍鶏や鰻や、あらゆる生物に名前をつけていた人はこう書くのだ。

「略、魚にしろ犬にしろその他の小動物にしろ、われわれ人間が垣間見ることのできない、次元のずれた、厖大な世界に住んでいるようにも思えてくる」と。

次元のずれた、とはどういうことなのか。同じ三次元の空間で生きながら、動物たちの寿命はヒトに比して短い。つまり同じようには時間が過ぎていっていないということか。

二月某日

女子猫が突然歩けなくなってしまう。あわてて動物病院へ連れていく。

血液検査の結果、心臓が弱っており腎臓機能の低下。痛み止めと心臓の薬をもらってくる。

寝床はこの日よりペットボトルのゆたんぽを添えて。

首の後ろ側の骨がくっきり出ておりひとまわり小さくなっている。

この日からよたよた歩いては水を飲み、そこでひと休みしてご飯を食べるというスローライフの暮らしに。

動物病院の主治医の先生に、十八歳という人間なら百歳の高齢であり何が起きてもびっくりしないで対応するようにと。

つらいなら安楽死という選択もあり、といわれてうろたえる。

恵子さんはこの子の縁結びのブリーダーでもあり早速連絡する。

いずれ近いうちにくる死を迎えるのは自宅で傍にいて看取ってあげるのが一番幸せなことと恵子さん心強い。

二月某日
起きたらまず女子猫を探し様子をみて話しかける毎日となる。

まずこの子の死の日がいずれくるのが信じられない。姿を見れば胸がいっぱいで言葉が出ず涙が出る。

こんなに涙していいものか。二匹を隔離。

元気な男子猫と歩けない子の生活空間を別にすることがよし！　と主治医と恵子さんと同じアドバイス。

トイレと水とカリカリを止め水分のあるとろりとした高年齢者用の缶詰のセットとダンボールの寝床で動かなくてもすむように。

とにかく暖かくしてということでホットカーペット、オイルヒーター、他の暖房も留守の間もつけっぱなしとする。

三月某日
朝、ホットカーペットの上に坐りこんでいるララが異常に鳴く。

その雄叫びのような声がいたいようともくるしいようともつらいようとも響く。

あわてて毛布に抱いて病院へ。

もう末期です、できることはしましょうと半日酸素室へ。夕方寒くないようキャリーバッグを持って迎えにきてくださいといわれる。

その翌日にスプーンで水と流動食を二時間おきに口に含ませるが気力がなさそう。

その翌日は水も飲まない。

そうして一度小さく声を発してもう眠るようにだんだんに体温が下がり亡くなった。

様子を見れば涙が出るので三か日間泣いてばかりいた。

恵子さんが動物専門のタンポポ葬儀社を紹介してくれダンボールのお棺を持って迎えにきてくれた。

お棺に恵子さん持参の花とカリカリとお手紙を添えて引きとられた。これでよかったのよと同席してくれた恵子さん。

翌日は骨壺を取りに洲崎へ出向く。

うちの猫は桜の木の下に埋めましたと。その後の次の猫は家族がご飯食べていると食卓に乗って一緒に食事するの、もう箸で順ぐりに食事あげちゃうの誰も嫌がらないし、だから雑食、何でも食べちゃうの、と報告しながら指圧をしてもらっている間に慰めてくださるかのように北原さんが語る。

稲葉真弓さんの猫のことを書いた名作〈ミーのいた朝〉にもこんなに泣いたことはないとある。

動物大好きな草野心平の文にも「線香をくゆらしジュズをもみながら家主の心美しい老婆が般若心経を読んでくれた。読経をききながら滂沛と涙が出たのは、自分の生涯を通じてその時だけである」玄＝甲州犬の死のことをこう書いている。

どうも一緒に暮した動物の死は涙腺がゆるみ泣くだけ泣いて涙ばかりになってしまうけれど、動物の寿命が短い分それに立ち合うことになるヒトの気持ちは純粋でいられるのだね。

四月某日

とにかく桜を見ようね、二年ぶりの桜だもの、桜でおなかいっぱいになろうね、と住田夫妻のお誘いで京都へ。

洗えるきものは進化して男物の生地だという無地はちょっと目には洗えるきものとは分からんだろうね。便利便利。

なにしろいくら汚れても洗濯機に放り込めばそれでいいのだ。手触りはやはり絹とも紬とも違うがそれなりに心地悪くなくて納得される。

六年ほど京都に暮したご夫妻が京都にいた時必ず見に来ていたという御所のしだれ桜から。

そうか、しだれ桜だからなのだ。　たおやかではらはらゆっくりと散っていく様子が何か江戸前風の吉野桜の気風の良さとは違うと感じていたのだが、しだれて咲いているからなのだ。

傘のかたちのように。

夜、ライトアップされた辰巳神社から川べりを歩く。

ここにたどりつく道の両側の足元は提灯が配されて商家としもた屋の点在する木造の二階建ての暗さに赤の提灯の色がぼうっと続くのは舞台装置の如くで心ときめく。

翌日もお天気に恵まれ南禅寺からそのあたりの高級住宅地のよそのおうちの桜を愛でながら川沿いの桜をみる。

京都市動物園から国立近代美術館の桜は川のほとりにずっと続く。

この川にこの季節だけ舟が出るそう。

当時は自転車で廻ったという住田さんの思い出を聴きながら街中を走ってもらう。

そうそう、御所では狐の嫁入りの雨で、ふり返ってみたら空に虹がかかっていた。

御所の虹。

この日一緒の五人の足がいっせいに止まった。

御所の虹。

あれは悲しみの色なんやもしれん。

だから陽が照ると消えてしまう。

たくさんの桜と虹。ごちそうさま！

五月某日

この三月に亡くなった猫のララの香水瓶のような小さな骨壺を持って久子さんの眠る小平霊園へ。一緒にいたらどんなにか安らかであろうかと思うのは気休めに過ぎない、が分かっちゃいるけど止められない。

高校生の時、拾ってきた仔猫がそこいら中部屋でおしっことウンチをして母が音を上げ、久子さんに相談したら近所に猫ばかりが何匹もいる画家のおうちがあるからそこに行こう！　という。私のとこは貸家ばかりでもう猫がいるからダメとも。そうであったのだ。彼女も生まれた時からずっと猫と一緒の暮しだったのだ。人なつっこい人だから縁側から「おばちゃんいる?」と声をかけその仔猫はそこのおうちの子となった。

画家の名は山口長男という。それからずっと猫のお父さんである人の作品を折に触れて見続けた。抽象画なのであるが不思議に暖かい朱色を使いまさしくやっぱり日本の色を用いる画家であり知ってつくづく良かったのだ。

お墓の横の木の下は土が固く持参したシャベルが折れてしまったがララは無事そこに一緒に眠ることとなった。

十月某日

録画しておいたTV「美の巨人」幻の国宝! 尾形光琳の松島図屏風、デザイン性と視点の謎を見る。

俵屋宗達の何年も前の作品で、つまりこれは模写だという。

絵画では一言で模写という。琳派ではよく模写がなされていた。

文学や音楽では模写というといい響きではないが、あの村上和雄先生も著作で科学において真似することなしに先に進むことはあり得ないと綴っていらっしゃるから、つまりは私たちはその時代その時代でそれまでの過去の作品を模写しながら独自性を会得するという所作をくり返していることになる。

時代という時間の枠をはずして残るスタイルをみつけること。そう思えば毎日はもしもし忙しいぞやな。

平成二十五年

一月某日

動物病院の先生に、白内障はどんどん進行するといわれた男子猫は、あっちにぶつかりこっちにぶつかりぐるぐる同じ所を歩くようになり痩せたので開けっぱなしの襖からとうとう押入れの奥に隠れるようになった。

そこでおしっこをするのでひっぱり出したら頭を入れられる場所を探している。傘立ての隙間、カーテンのタップの後ろ、タンスの横と。歩けるので死ぬ場所を探している様子なのだ。

あっぱれ男子猫。君はやっぱり男の子だね。

去年亡くなった女子猫はまず足にきて歩けなくなった。それから喰べられなくなり目をつぶり朝気がついたら冷たくなっていた。

そうしたしぐさが人見知りする臆病だった彼女のいかにも気質の通りだったので、なんて女の子なんでしょう！　とぐっときた。

男の子はやっぱりさまようのだ。死ぬ場所を探すのだ。目が見えなくてカリカリのごはん鉢をひっくり返すのでこの二ヶ月間は注射器で缶入り栄養ジュースを口に直に入れて飲ませていた。

どこに出かけても四時間おきほどにあげるこのご飯が気になりとんで帰っていた。

抱っこすると動かなくてそのままいつまでも抱かれている。それで抱っこしたままで泣けるだけ泣いた。

ひねれば出る水道の蛇口だ。

美しいマスカット色をした眼を開けたままに死んだ。

タンポポ葬儀社の人が黒いリボンのかかったダンボールの棺を持ってきた時はもう涙がなくなっていた。

二月某日
ケイ動物病院の院長へ菓子箱を持ってこの二十年間お世話になったお礼に行く。

ぼろぼろでおしっこのしみだらけであったテーブル下のじゅうたんを取り替える。

ついでにＬＥＤの蛍光灯に取り替える。

二月の三連休オペラ「ロビンソン・クルーソー」を見に新国立劇場へ。舞台を右・左とふたつに割っての演出も初めてのこと。

演出家は太田麻衣子さんという女性の方。

御主人から仕事を引き継いだ〈東京オペラ・プロデュース〉の代表松尾史子さんのごあいさつに「東京は十年に一度という積雪に見舞われ、思うように進まない大震災の復興、未だ収束を見ない福島第一原子力発電所の事故の処理に危惧し、中近東での内乱で犠牲になった方々への哀惜と心休まらない日々」とありシュンとしてしまう。

翌日は青山ブルーノートへ松井慶子さんのコンサート。

帰宅すると猫がいない静かな部屋に慣れることができ

ずなんか茫然としてしまいついついという感じで冷蔵庫を開けては冷やしてある白ワインを飲んでしまう。

冷蔵庫を開ける→グラスにワインを注ぐ→冷蔵庫を開ける→ワインを注ぐのくり返し。

四月某日

淡路島に地震。続いて三宅島にも地震。

八十四歳になられたと書く俳優の神山繁さんの〈受け継がれる古唐津〉＝「芸術新潮」二月号を読む。

どうしてこんなにいいお顔をしていられるのか。役者は姿が商品ともいえるのだが、年齢を重ねて美しい人の素地には生きてきた時間がそっくりそのまま凝縮しての現在があるのかしらん。

う〜ん、いいお顔。

神山繁さんの文は「家、家にあらず。継ぐをもって家とす。人、人にあらず。知るをもって人とす」という世阿弥の「風姿花伝」で終わるのですが、この号は小林秀雄の特集でその三十年前の想い出を書いた一文。

生前の小林秀雄が神山繁さんに「手放して、初めて自分の想いは何だったのかが解るんだ、手放して見ろ！」と。

手元にあるCDの小林秀雄のべらんめえの声が私に響き渡ってくる。

四月某日

ゴールデンウィークになったので久子さんの眠る小平霊園に行く。去年亡くなった女子猫のララは久子さんの猫であったので、ここに一緒にいるのが一番良いと傍に埋めた。

そこに今回は一月に亡くなった夫の猫のリリを埋めに行った。「二人で仲良く暮らしてちょうだいね、じきに追いかけることになるからね」と。

ここでもう〜んといったきり無口のまま。

言葉がない。

花が散った桜並木によりそって駅まで歩く。

六月某日

陶芸家の高橋誠さんが亡くなられた事を住田啓子さん

からのお電話で知る事に。

実は詩人の辻征夫さんでいらっしゃるが、なぜにこんなに早く死んでしまうの。一番長生きなさって、そのおおらかなお人柄と鋭い批評眼をもって若手の会の乾杯の音頭はお年を召された辻さんがふさわしいと思っていた。

届いた八木幹夫さんの辻さんの作品を語った本をすぐ一日かかって読んでまたうーん！。

確か人間国宝になられた藤本能道さんの一番弟子でいらした高橋誠さんとは〈工芸むら田〉さんの紹介で知り合い、東京芸術大学の先輩また後輩のとにかく面倒見の良い方であって周囲にはこの芸大の仲間がたくさんいらした。笑顔がこぼれるようにすばらしい。

うーん。なぜにこんなに早く死んでしまうの？　オレらの業界五十、六十はハナタレ小僧！　といっていたのに。

啓子さんにとってもお母上を送り誠さんを送りと。

うーん。

＊陶芸家　高橋誠氏　二〇一三年五月十八日逝去

八月某日

夜、参議院選挙の開票速報をやっぱり見てしまう。

あっちこっちチャンネルを廻し、やっぱり池上彰さんの中継に落ち着く。

この方、ＮＨＫの日曜日六時から子供たち三人と子供向けのニュース解説の三十分の番組に出演していらした。欠かさず見ていた。

私には分かりやすくて、まあその程度のレベルなのだが。図式入りの絵を使ったりで、それが学校で段ボールで手作りしました、みたいな様子で楽しかったのだ。

それがＮＨＫを退職なさったら、またたくまに民放で大ブレイク。

世の中〈目明き千人盲千人〉とはよくいったものだ。

＊「深川日誌」は同人誌「gui」に連載

作品論・詩人論

山口眞理子、川の詩人

野村喜和夫

川と詩人の関係について、私は考えている。ひまですね、と人は思うだろうか。愛とか存在とか社会状況とかならともかく、川とは。しかし、そういうことではないのだ。川を水の本質的な流動性や境界性のあらわれと捉えるならば、それと詩的な想像力とのあいだには、当然のことながら深い結びつきがあると思い至るはずなのである。端的に言って、川は詩人を誕生させる。私の場合、ずっとランボーを読んできたという事情もあるかもしれない。ランボーの生まれ育った町シャルルヴィルにはムーズという川が流れているが、この天才少年詩人は、そこで舟遊びをしていたおりに、あの驚嘆すべき一〇〇行二十五連から成る海洋冒険譚、『酔いどれ船』を着想したのだった。「二十世紀のランボー」と言われることもあるレジスタンスの闘士ルネ・シャールの詩的風土にも、ソルグという川が流れている。じっさいにそこを訪れたとき、その清冽な流れに驚いたことがある。いや、私自身にしてからが、第一詩集のタイトルは、うってかわってネガティヴな意味合いがあるとはいえ、『川萎え』であった。

*

やはり、川なのだと思う。川の発見。たしかに、ソルグのような清冽な流れではないかもしれない。むしろ、淀んだ運河としてイメージされることもある都市の川である。しかしそこからなのだ、山口眞理子という詩人に固有の、意味深い都市の神話学が始まるのは、そしてまた、それに絡みつつ、たおやかにして横断的な性の物語が始まるのは——

*

とこのように結論をさきに行かせて、それを追認するように、あらためてこの現代詩文庫を丹念に辿ってみることにしよう。

本書には、山口眞理子の初期からの作品が時系列に沿って収録されている。『そっぽを向いて　心をこめて』や『翼のない天使』は少女期の詩集といってよく、「がらす」や「木」のイメージを通して、ミニマルながら、孤独な少女の心象が浮かび上がってくる。

がらすが　口をきいている
がらすが　映っている
映った　がらすに　透明な
がらすが　移動した
のぞいて
よく　みれば
ガラスが　耳をすましている

いや、孤独以上かもしれない。ラカンではないが、人は鏡に自己像をみることから人生の旅をはじめる。ところがこの少女の場合、自己像が映っていないはずはないのに、それはどこまでも「がらす」という言葉に代行されてしまうのである。山口眞理子は、その詩作をこのような不思議な自己の消去から始めているのであって、そこには、のちにみる複数の性がよぎる自己がはやくも予感されていたのかもしれない。

　つづく『April Love』では、うってかわって闊達で、饒舌とさえいえるような主体が登場し、周囲の環境や他者、そして文化的事象に生き生きと反応するさまがみてとれる。学友とおぼしい固有名詞もひんぱんに登場し、「和光」というトポスを示す言葉から判断すれば、郊外の大学を舞台にした青春がそれなりに謳歌されているのであろうと思われる。

　以上を前史としてくるとすれば、つぎの『水の上動物物語』がひとつの転機になっているようだ。「水の上」がいやがうえにも川を暗示するなかで、言葉はひとつひとつえらびとられたようになり、あるいは自律的に生動するようになって、いずれにせよ詩意識が全体を統御する雰囲気が出てくる。つまり山口作品に、ひとりのまぎれもない詩人の姿がはじめてたちあらわれたのである。それとともに、

ああ　わたしは男

男のなかの男
入る時は　男　流れるあいだは女
両性具有の掟の拒絶が　ひとつにさせない

という山口眞理子固有のテーマ、自己を単一の性としてではなく、複数の性のよぎるがままの場として想い描くというテーマが明瞭に提示される。とくに表題作は、トポスとしてもはじめて「銀座」という固有名詞を登場させ、都市の神話学の始まりも告げている。山口は生業として銀座でクラブを経営している。いつからその仕事を始めたのか詳らかにしないが、そこで繰り広げられる多様な人間模様へのいわば取材が、『水の上　動物物語』以降の、自己をよぎる複数の性という独特の詩的主体の形成になにほどか寄与していることは、やはり疑い得ないであろう。

『雨に　唄えば』『気分をだしてもう一度』は、その延長線上で書かれた充実した詩集である。タイトルからもわかるように、映画をはじめとするアメリカの文化表象がふんだんにふまえられているが、それらすべてを消去するように、『気分をだしてもう一度』の掉尾に置かれた「犬に似た馬」という異色作において、あの「がらす」を生きた少女期が喚起されていることは、私にはなにかもう一度舞台が転換する合図のように思われてならない。

＊

じっさい、そのあと、ようやく川があらわれるのだ。詩集『そして、川』の刊行は一九九一年。詩人は成熟の年齢を迎えている。同時に、いつからか彼女の住む場所となった「深川」が喚起されるにいたって、都市の神話学の基本的な構図が出来上がる。仕事場としての銀座と、生活の場としての深川と、川をへだてたその二つのトポスを日々の往還が結ぶことによって、私たち読者にも沁み入るような詩の空間が形成されるのである。その場合、どちらかといえば「銀座」が俗として、「深川」が聖として設定される。「深川」は詩人にとって、生活の場であるとともにまぎれもない祝祭の空間なのである。

仕事を終えて　タクシーにとびのり家に帰るのです

ほろ酔いで　ほっとして
永代橋を渡ると　もうこっち側
池波正太郎さんいうところの　江戸時代の深川は
川と堀にめぐまれた　日本のヴェニス
魚屋のおじちゃんは　もみ手をして
奥さん　今日はなんにしましょうか！
花屋のサトーさんのカミさんは　ふっくらやわらかい
　人
ブラブラ竹籠をぶらさげて　散歩に出るのです
武蔵野台地で育った　少女は
もう　すっかり大人になりましたが
学校の屋上の　柵に腰かけて
所在なげに夕陽を眺めていたころの気分が抜けなくて
毎日が　とにかく祝日
はやく歳とって　おばあさんになるのだ！

川もまたたんなる地理的な境界であることをやめ、聖と俗をかぎる意味深い結界となるのだ。「あなたをお訪ね」するのも「いくつもの川を渡って」だし、したがって橋も意味深い表象となるのはいうまでもないが、さらに川は、「わたくしの川」というふうに身体化される。ここがハイライトだ。詩人は川をたんに外部にある結界として想い描くのではない。みずからの身体が聖と俗をへだて、また交流させる結界であることを感覚するのである。

わたくしの川は　閉じています
断固として　閉じているのに
わたくしは流れていく
流れていく——ということに逆えない

以上が、山口眞理子における都市の神話学である。東京という都市空間の地勢や構造をここまで鮮やかに詩の空間にかさねた詩人は、ほとんど彼女ひとりというべきである。しかも、そこを詩人の実存という濃密な時間が流れる。ゆっくりと、豊かに。都市の神話学が半ば自伝的な「女の一生」——それは複数の性としてにぎやかに仮構されてもいる——物語軸と交差するところに、山口眞理子の獲得し得たポエジーの実質があり、また私たち読者の感動を呼び寄せる磁場があるのだ。『そして、川』以降の二冊の詩集、『夜の水』と『深川』に、そのあらわれをみることができるが、それはまさに熟成のすんだ酒のように味わいが深い。

『夜の水』のほうは銀座という場に詩人の実存の重心が置かれ、すでにたびたび指摘した、複数の性がよぎるがままの「わたし」が融通無礙に展開する。これに対して『深川』は、タイトルの通り、深川という祝祭空間の四季が舞台になっているが、いつのまにか、そこにゆるやかに「女の一生」という時間が流れ込んで、もはや深川も銀座も区別がつかなくなり、全体として駘蕩としたエロスの時空を醸し出しているというふうだ。秀作「風水」の後半部分を引こう。

時間軸ですきなように折りたたんでみると
りぼんが風に揺れるみたいで

いつからかどこからか吹いてくる風に
水が混じっている　水が作る

あっ　それは　水でできたりぼん

気流にうまくのればやがて着地する
どこかのそこがわたくしの雨が求められるところ
どこかのそこがわたくしを与えるところの
唯ひとつの〈場所〉

ここが、この夢ともうつつともつかぬ、「どこかのそこ」としか言いようのないこの「唯ひとつの〈場所〉」が、ユニークな「川の詩人」山口眞理子の、現時点での到達点だということができる。「水でできたりぼん」、それはまさに、あの自己像を代行した「がらす」のはるかに変容した姿として、「わたくしの川」の美しいイメージそのものに成りおおせているのである。

（2015.4）

深い川をわたる山口眞理子

國峰照子

わたしが山口眞理子さんに初めてお目にかかったのは、同人誌「gui」の例会に出席した時だった。彼女の経営する銀座の「マリーン」に集まった長年馴染みの同人たちは、奥成達さんを中心に飲みっぷりよく、日々あった出来事を面白おかしく話して盛り上がる一夜だった。藤富保男さんは鷹揚にかまえ、森原智子さんは身を乗り出し、その中でかいがいしく立ち回られていたのが若い眞理子さんだった。さしずめ向田邦子さんといった第一印象であったが、それは今も変わっていない。面倒見よく、きっぱりした江戸っ子気質が表れていたのかもしれない。その当時すでに眞理子さんは詩集を何冊も出されている詩の大先輩だったが、すこしも高ぶったところなく迎え入れてくれた。入会したばかりでアルコールは一滴も呑めないわたしは、ウーロン茶でおつまみをつまみ、みんなの話しに聞き入っていたのだが、三口くらい飲んで、ちょっと目を離すと、いつの間にかわたしのコップは満杯になっているのである。見ると、眞理子さんが、サッとお茶のボトルと灰皿を新しく替えて去るところ。何という細やかな心遣いかとわたしは大変驚いたのだ。その日、とうとうわがコップを空にすることなく、何杯分かわからない大量のウーロン茶を消費して、水ぶくれで帰ったことを覚えている。

ともあれ、彼女の既刊詩集をまったく知らないでいたわたしにとって、この文庫は新鮮な驚きだった。詩人の濃密な半生をいっきに味わった感銘でもある。

まず初期の詩「April Love」をあげてみる。彼女が青春のど真ん中で、いかに周囲の仲間に想いを寄せ、時代の風に正直にぶつかっていたかを伺い知れる一編である。八頁もある長編詩なので、一部抜粋する。

（前略）
日本の
桜の
風に散る

寂しい
だから
あたしたち
そばにあるもの
うんといとおしんで　大切に
していかなくちゃいけない
花びらがまた一枚風に流れて
LOVEがいっちゃっても

あたしたち映像し
巡りくるたびの春に　あなたは殖え
これ　LIFE　だよ
あなたはLOVEのいっぱいつまった
LIFEを持っている

〈しあわせになりたいから　ここにいようよ〉の副題を持つ、この詩で描かれる群像は、まるでヌーベルバーグのオムニバス映画のような活き活きとした描写だ。次の連には女性の名が連なり、おそらく同級生の女友だちと推測されるが、読み手においても当時クラスにいたであろう馴染みのある名前で、いわゆる固有名詞が匿名性となり、新鮮な抽象化を獲得して、終連はつぎのように結ばれる。

春は愛
流れていくものに
懸命に
話しかけている

親友、仲間、町角ですれちがう男と女、流れていく時間がみんな彼女の川のなかにある。いっとき淀んでも渦巻いても水はいきもの、汚泥を底にしずめて澄んだせせらぎを聞かせる。漢字にすると重くなるところを英語で表記した所以だろう。

詩人の身辺に〈流れていく〉「水」とのかかわりは、やがて生活の場である川をはさんだ大都会の夜の顔、昼の匂いに満ち、第七詩集『そして、川』から『夜の水』へ、さらに『深川』へと濃密さを増していく。その中の特に「狂女」にわたしは強くひきこまれた。個人的なことだが、幼い頃、胸をはだけたおひきずりの娘さんが髪に花をさして、どこを見つめるでもなく楽しげにゆらゆらと歩いているのを見て、子供ながら畏怖の念を抱いたのを覚えている。わたしにとって狂女とは初めて「女」の性を感じた、ある種畏れを伴った憧れでもある。この詩によって、昔の記憶をまざまざと呼び起こされたのだ。幻想的でありながらリアリスティックな「狂女」は女性に与えられた性のあやうい豊饒さとしてリアルにせまってくる。詩の冒頭はいきなり〈自分が色情狂なのか不感症なのか　よく分からない〉とどきりとする言葉ではじまる。中程には「狂女のしーちゃんは真白いお尻をくるりと出してどこででもおしっこをし　一言好きといった少年には誰にでもやらせて上機嫌であって川でおぼれて　肺炎で死ぬのだが」という久世光彦の『早く昔になればいい』からの引用が効果的におかれ、舞台が転回する。

　男との距離が　包丁を台所から持ち出して　父親を
　刺そうとした　あの時からうまくとれない
　他者が侵入しはじめると全身が蛇になってくねくねと
　しめつけを　はじめる
　いったい誰を殺せるというのだろう
　死ねばいいんだ死んだらそれでいいんだ
　今は確信のことがなんと甘美な逃げ道であったことか
　(中略)
　今年の夏はことさら暑かった
　夕方ではなく深夜に何度も雷がとどろいた
　あれが私ではないとどうしていえるのだろう
　あれらが私なので生の酒をたて続けにあおり肉体を
　飲酒に解放して苛めてみるのだ
　中毒になった少女――はいつまでも一人で
　トランプ占いをする
　誘惑者が誘惑される役柄から抜けきれないまんま

何という臨場感だろう。他者を入れ込みながら、つねに生きた感性で語りかける山口眞理子の独自の世界観である。彼女のことばは目からではなく耳骨に、〈それでいいんだ〉や〈まんま〉が哀しく健気に響いてくる。愛情の波形ははげしいほど他に干渉を及ぼす。彼女の仕事場に愛をめぐる修羅がどれほどあったかが察せられる。

もう随分前になるが、わたしの知人夫婦に浮気騒動があがった。まったくわたしの手にはおえない状態になり、眞理子さんのお世話になったことがある。相手の女性を知る眞理子さんは、日常の些事のようにすべて引き受けてくださった。すぐに夫婦は元のさやに戻り、以前より円満になったようだ。丸投げしたままその後のいきさつを知らないわたしは、どう捌いてくださったのかと魔法を見る思いだった。

また最近では、長年簞笥を占拠している古い着物の処分に困っている、ともらしたのがきっかけで、和服に精通する彼女はわざわざ我が家へ出向き、屋根裏に眠っていた和簞笥の中身をまたたく間に処理して下さった。なんと一ヶ月後には、紬の着物がハイセンスなもんぺに仕立て直され、手許に届いたのだ。山口眞理子という人の見事な手際をみたわたしの仰天である。彼女の気っぷの良さは詩のリズムにも現れている。ぽんぽんと弾む江戸弁が独自のスタイルを生み、都市の明暗を色濃く仕立て上げる。彼女以外に書けない詩世界である。

近年、彼女は本格的に「易」を学び、算木に表れる奥深い象形の意味や関係性を本にしている。最初に掲げた詩にある、〈あたしたちそばにあるものうんといとおしんで大切にしていかなくちゃいけない〉が、彼女の詩すべての通奏低音となっているのをあらためて確認したのである。

（2016.3）

銀座／深川

上久保正敏

山口眞理子＝マリさんたちと一緒にはじめた詩誌「SCOPE」は、一九八三年五月に創刊号を出している。「SCOPE」は野沢啓が言い出して、私と相談し、近藤洋太を加えて計画していた詩誌だったが、三人とも自分たちにない感受性を求めていた。野沢が須永紀子を、近藤がマリさんを推薦して五人で出発した。氷見敦子は創刊時に三号から参加をすることになっていた。その後荻悦子、添田馨、宗近真一郎、井上弘治、松田有子らが参加した。「SCOPE」は隔月刊で順調に発行し、ページ数も飛躍的に増大し百ページを超えることもあったが、途中氷見敦子の胃がんによる無念の死にも遭遇した。「SCOPE」は八八年十二月に、第二十七号を出して終刊した。昭和天皇が崩御された翌八九年一月七日にマリさん宅で終刊パーティをやったので、ぴたりと昭和の終わりまでの五年半「SCOPE」は「存在」した。

「SCOPE」には、毎号一ページの「SCOPE日録」が載っていた。日録によれば、私がマリさんと初めて会ったのは一九八三年一月十四日のことだ。当時私は、文京区谷中に住んでいた。近くの根津にあった「三三九《みみずく》」に、ほぼ毎日のように入り浸っていた。「三三九」は彦坂紹夫の奥さんで、画家でもあったよしだひろこが経営していたスナックだった。近藤と出会ったのもこの店だが、この日、彼が誰かの出版記念会のあと、マリさんを連れて来たのだ。「SCOPE」のことが頭にあって、その時同人にならないかと誘ったかどうだったか。そのときマリさんから、銀座で雇われママをやっていると聞いたが、谷中・根津の界隈で飲んでいた私には、銀座のクラブは、どうにも敷居の高い場所であった。

「SCOPE」の創刊前だったか、近藤からマリさんの店に行かないかという電話が、私の八重洲の勤め先にかかってきた。はじめて会った日、マリさんが「店にも一度いらっしゃいよ」と言ってくれたが、近藤はすぐに反応したようだ。彼からそう言われ、私もふっと好奇心が湧いてきた。二人とも銀座のクラブに出入りしたことがなかったから、まずどのくらいかかるか値段がわからない。ふたりであるだけの預金――あわせて十万円くらいはあった――をおろして出向いた。マリさんが勤めていたのは、旧電通通りにあった会員制倶楽部「クラレンス」という店だったが、私たちはどんな話をしたのだったか。帰りに会計をしてみたら、一人三千何百円だったので、ホッとしたような、気合が抜けたような気持になったことだけをよく覚えている。あれは彼女が「会員料金」でやってくれたのに違いなかった。

マリさんはその後独立し、大岡信に名前をもらったクラブ「マリーン」を並木通りに開いて、今日にいたっている。「マリーン」には多くの詩人、作家が集った。私たちの連句の師匠だった眞鍋呉夫が、一九九二年、句集『雪女』で藤村記念歴程賞を受賞したときの二次会は「マリーン」で開かれた。その時の写真をみると、眞鍋呉夫のほか、宗左近、那珂太郎、粟津則雄、辻井喬、新藤凉子、財部鳥子、新井豊美、小長谷清実などが写っている。辻井喬が、「マリーンに四十何人も入るなんて、これは記録だよ」と言って笑っていた。辻井は「マリーン」でよく出前のラーメンを食べていた。この後も、私たちはせっせと「マリーン」に通った。

一九八六年の秋口にマリさんが白金台から大川（隅田川）を越えて深川に引っ越してきた。私は木場公園をはさんで近くの白河に住んでいたこともあり、引っ越しの手伝いに出かけた。彼女の親友の住田正則、啓子夫妻と三人で、深川高校前のマンションの二階に荷物を運んだ。シャムネコ二匹との同居である。彼女が今も住むこのマンションで、先に書いた「SCOPE」の終刊パーティをやったが、私たちは天魚（眞鍋呉夫）宗匠の捌きで、稲葉真弓を加え連句も巻いた。私たちの連句は、「胡蝶」（二十四句）で巻くことが多かったが、『深川』はこの「胡蝶」を意識した二十四篇から成っている。マリさんの白金台から深川への転居の理由は定かでないが、彼女と深川はなぜか不釣合いのように思った。

私が谷中に住んでいたころ、千駄木の吉本隆明宅を訪ねたことがある。近くに住んでいたので「試行」の発送の手伝いをするつもりで訪ねたのだ。話していたら、当時私が住んでいたアパートの近くが吉本夫妻の逃避行の地であったという。そのあたりは、むかし谷中初音町と呼ばれた地域で、初音とは鶯の初音を聞くという意味があったらしい。行きつけの銭湯「初音湯」は、吉本夫妻も通った銭湯だったという。そんな話をしていて、佃生まれの吉本さんが、自分が住めるのはせいぜい白山までだなあと言ったことに共感を覚えた。私は亀戸で生まれて、神田で育った。通った小学校から大学まで、ほぼ山手線の東側にあった。私のように、下町で育ち、新宿西口に浄水場があった時代を覚えている世代の人間にとっては、四谷辺りから西は、地霊が結界を結んでいるようにも思え、境が意識される。そんな呪縛とは関係なく、マリさんは「時をかける少女」のようにふらっと深川に舞い降りた。

　深川はかつて掘割の入り組んだ水の街。木場には多くの掘割があり、夏休みには子供の事故が多かったという。いま掘割は埋め立てられ、木場公園になり、東京都の現代美術館がそびえる。山口眞理子が深川に居を構えてからの『そして、川』『夜の水』『深川』は深川三部作とでも呼びうる作品群だ。『そして、川』からそれまでアマルガムのようだったマリさんが、くっきりと輪郭を現してくる。ここから彼女にも境が意識されてくる。

仕事を終えて　タクシーにとびのり家に帰るのです
ほろ酔いで　ほっとして
永代橋を渡ると　もうこっち側

　こっち側は、深川門前仲町。そこから深川不動、富岡八幡宮を左手に見て、木場を通りすぎると、マリさんの住む東陽五丁目に着く。近くの東陽一丁目は、根津権現の前にあった遊廓が明治中期に東京帝国大学の本郷移転に伴い、移ってきたところだ。旧名洲崎弁天町。洲崎パラダイスと呼ばれ、往時は華やいだ地域だった。銀座と深川の往還という日常のなかで、その一瞬川の前でたじろぐ。このたじろぎはなんだろう。いつもの道ではないか。『夜の水』の「銀座九丁目は　水の上」は、「空がいったん灰色に沈んで／夜が始まる　だが／ここからはいい　別の舞台／別の脚本が使えるもの／／危険はそのほんのちょっと前／銀座九丁目は　水の上　である」と結ばれている。

「銀座九丁目は　水の上」、旧汐留川である。川を渡ると結界がとけてしまう、この川はマリさんから流れる川ではなく、境である。あっちとこっちは身構えて入り、ほっとして出る場所。深川と銀座の空間構造が定置される。

『深川』では、四季がテーマになる。生活の時間が流れ、その時間を消費する具体的な地名がはじめて意識される。何でもありで、色々な台本を演じてきた所在なげな少女が成熟の場所をみつけた。不定型な何かが主題であったこれまでの詩篇から、深川というトポスを得て山口眞理子のドラマツルギーが成立していく。それにより二律背反のリフレインの異色の詩「女なのに男なの」を直裁に語れるようになるのだ。「したたかなのに無垢なの　遠いのに近いの／道行なのに一人なの　音楽なのに声なの／神話だから続くの／男なのに女なの」。

　明瞭に分けられつつ、分けることを無化した世界がそのまま提示される。ここに、secare（分ける）というラテン語を語源とするsexを止揚し、さらにアンチノミーでさえそのまま抱え込む場ができ、山口眞理子のポエジーに淡い輪郭線を引くようになる。

　マリさんは熱心に、湯島聖堂へ易学を学びに通っていた。そこに中国文学者であった父君の影があったのかもしれない。マリさんは天壽まりという易名を持つ。易は風と水が特別な意味を持つと聞く。『深川』のなかの「風水」という詩篇が、山口眞理子にとって画期的な意味を持つのは、水が形を持ったということである。形を持つことで、はじめて場所を得ることができる。

わたくしの水はしかし〈湿度〉ではない
わたくしの水は一滴一滴　確かな水であって
塩辛いこともある
一滴一滴が軌跡を作る心模様

時間軸ですきなようにおりたたんでみると
　りぼんが風に揺れるみたいで

いつからかどこからか吹いてくる風に

水が混じっている　水が作る

あっ　それは　水でできたりぼん

学生のころから銀座に入り、生き馬の目を抜くこの街で、半世紀の間、バニーガール、ホステス、雇われママ、そしてクラブのオーナーへとしたたかに生きてきた少女が自分という川におぼれかけ、風と水に救われ、場に誘われる。マリさんの詩の基底には母堂の自死という大きな喪失がよこたわっている。この影を曳きずったガラスの少女が、一滴の水になり、無数の川になり、あらゆる場所から流れ出し、一滴一滴が確かな水となり、そして水の表象になる主体は、場のなかで、美しい「水でできたりぼん」に変容するのだ。

（2016.3）

過剰の人――山口眞理子の人と作品

井上弘治

今回はじめて山口眞理子さんが書き続けてきた詩作品のほぼ全体を年代順に読むことができた。最初は、その出版年ごとに形式上のカテゴライズができるのではないかと考え、それを頼りに人と作品を論じていけるのかと思っていたが、眞理子さんの作品の言葉を読み進むうちに見事にうちくだかれてしまった。次に詩の言葉は何を根拠に作品に呼び込まれてくるのだろうかという当たり前な疑問が湧いてきたが、もちろん彼女の作品はそれを説明してはくれなかった。

「ターザンがジェーンを呼んでいる　おたけびが響く／密林にはたったひとりの女しかおらず　無論／何万人女がいてもいいのだが／結局　ターザンが呼ぶのは／ジェーンと呼ばれた女ひとりで」「うねる　はてしなく単調なリズムで／遠く近く／近く近く　心臓にじかに共鳴するが／やがて　心臓の鼓動とひとつになってしまう」

「誰かがわたしを呼んでいる／言葉でではない　言葉が持つ　影と光」（「ターザンとジェーン」『気分をだしてもう一度』一九八七年）

言葉は作品に呼び込まれることはない。詩はむしろ「言葉でではない　言葉が持つ　影と光」とで成立する。

眞理子さんは、三十年近く銀座の飲食街で「マリーン」というミニクラブを経営している。十代の後半に大学の文芸部で発行している雑誌の資金稼ぎで始めたアルバイトだったのが、二十四歳の時には大きな会員制クラブの「ママ」と呼ばれる責任者になってしまう。

その頃の銀座は、並木通りをセンターラインにした六丁目から八丁目の狭いエリアに約二千件のバーやクラブがひしめき合っていた。そこで働くホステスの人数は一万人とも二万人とも言われていた。しかし今では純粋な意味でホステスと呼ばれる女性の数は数千人ぐらいになってしまったかもしれない。それは銀座のクラブの独特なシステムによる。だからこそ銀座でオーナーママとして自分の店を経営するのは稀有なことなのだ。

銀座でいちばん　はなやかでにぎやかで
ネオンサインと盛り花の　たくさんある並木通り
むかし梶山季之さんは　この通りを
なみだ通り　といいましたが
そこで　その子は仕事をし
川を渡って　下町に帰るのです
（「そして、川。ここで暮らしているってことは」）

眞理子さんの三十歳代後半の感情と感傷の仕事でもあるホステス業が円熟期にさしかかって、「いい詩や納得のできる文章を書けるなら、銀座で働くのを許そう」と自身をも納得させていた頃の作品だ。

街がくっきり　女にはなにやら秘密がありそうに見え
こう　待つべき者がやってくる　という気分で

何度　騙されたことか
この夕刻の時間
夜があざ笑うようにやってくる

（「銀座九丁目は水の上」）

『そして、川』の出版から六年後の『夜の水』（一九九七年）では、感傷は現実的な逢魔が時の仕事への入り口に変容する。もし詩人が現実の経験のなかから呼び込まれた言葉をあらたな言葉として紡ぎなおさなければならない宿命の裡にあるのだとしたら、過剰すぎる経験は快楽と苦痛の二律背反に彩られなければならない。

「水の上の城館で暮らす女たちは／大脳の表層を埋めた〈過剰〉な映像を／必要なだけ〈文字〉に換言する訓練を／海からあがってきたさまざまなタイプの男／さまざまな動物たちの　第三の手によって／ほどこされる」

（「水の上　動物物語」）

　銀座では、「飲む」とは言わない。「遊ぶ」と言う。酒に酔うだけではなく、銀座のシステム（ルール）にも酔わされるのだ。それはホステスも同じである。過剰な接客の通俗的な言葉が時には恋愛感情のカオスを出現させることもある。それがたとえ疑似恋愛だとしても、だからこそここでは客とホステスは平等なのである。

　ご多分に漏れず、時代の変遷とともにエポックメイキングな職業世代は徐々に変化していく。銀座での接待客もかつては政治家や芸能人、不動産関係や大手企業の役員、やがてはＩＴ関連へと入れ替わってゆく。

　眞理子さんがほんのアルバイトでこの仕事を始めた頃、彼女の父親はある企業の取締役であったため、会社の出した赤字の責任を取るかたちで仕事を辞めることになり、所有していたゴルフ場などを売却しながらのいわゆる「売り食い」生活を余儀なくされる。母親は、彼女が小学生の時、最初の自殺未遂をする。その後、三度目の自殺を試み、他界する。眞理子さんは二十七歳であった。

「その母は　わたくしの知らない苦しみのためか／睡眠薬を多量に飲んで　窓から　ひらひらと／飛び立っていってしまった」（「儀礼的なさよならのあいさつのために」）

アメリカ帰りの母は国籍の二重のひとつを
日本に移し　言葉少なくどもりであって
あれが絶望だとしても　五十二歳で

窓から飛び降りた　その後
その娘と五歳年下のその息子は
負けたんじゃないか　人生に（きっとそうだ）
そう口に出してはいけないから　そう口に出さなかった
（「どこか南……」）

「少女のままの心を持った声音の美しい人」だったという。あまり知られていないが、眞理子さんはその空虚な感情を持て余すかのように、銀座を去り、結婚生活をする。しかしその結婚生活は一年ほどで破たんする。そして一度は離れた銀座に再び戻る。

あたし　風邪ひいちゃってめろめろよ
あんた　どうやって暮らしてんの？
（「伊藤君への鎮魂歌」）

よお元気なのかよお
それなのに
あんた　いなくなっちゃったのね
とっても
お行儀の悪い　同じ血の流れている人が
召されて　いっちゃうの
（同前）

あたし
会えそうな気がするの　あんたと
和光のだんだら階段の上と下で
よお元気かよおよお元気かよお
よお元気かよお　いーとーくん
なんで　いっちゃったのさ
あんたのこと　とても好きだったんだよ
あほやわ　あんた………
（同前）

眞理子さんが銀座に戻って、十二年ぶりに上辞した『April Love』（一九七九年）に収められた「伊藤君への鎮魂歌」から何行か引用した。「よお元気かよお」というリフレインは、おそらく大きな喪失感を抱えた眞理子さん自身への呼びかけでもあったのだろう。これが抒情詩を超えた上質なエレジーになっている理由かもしれない。

その頃、日本の経済や社会はバブル景気の初期にあった。銀座の喧騒が、ただの空騒ぎになるまでほんの数年も俟たない。吉本隆明が「修辞的な現在」で、詩と詩人の修辞的な無個性を嘆いていた時代だった。

現実が自然の裡に成立するものなら抒情すればいいのだ。しかし現実や社会は、人為的に空虚と空洞を創造してしまったのだ。「人生はおちたら割れる卵じゃないけれど」（「向田邦子さんちの卵」）、現実はあっけなく割れてしまった。

やがて眞理子さんは、抒情性をあたかも排除するかのようにその作品に物語性を仮構する。それは時にファンタジーであったり一人芝居のモノローグであったりする。

この時代のはずれにある　あこがれの夢みる湖を
僕は心で見る
どこかから　ざまをみろ　と声がするが
いいさ　全責任を負って　生きざまをみろ　さ
こんなこと　別にたいしたことじゃない

（「街を通って湖へ」）

作品のなかに仮構された「物語」と「僕」によって、詩人は何を表現しようとしたのか。

「いろいろなものがとってもきれいだから／／あたしの／こころの中に／通りすぎてみなければ／わからないものがあります」（「翼のない天使」）

夜の銀座で働くことで、眞理子さんはそこにある空虚、もちろん現実や社会あるいは世界を構成している空虚を見てしまったのかもしれない。いつの頃からか眞理子さんは江戸の情緒が残る深川に移り住んだ。あえて歴史的に仮構されてしまった川向うの街に住む必要があったのだと思う。川は地理的な分断を作るかもしれないが、それでも「銀座」は「水の上」にある。流れることもなくあやうくもあるが、その水の上に生活と多くの言葉と物語が遍在しているのだ。「いつも〈過剰〉すぎる　なにかからはじまる」（「水の上 動物物語」）。

おそらく山口眞理子さんほど詩と詩人を愛している人はいない。

（2016.3）